서인부 장편소설

10년

그리고

7일

10년 그리고 7일

발행일	2023년 3월 10일

지은이	서인부		
펴낸이	손형국		
펴낸곳	(주)북랩		
편집인	선일영	편집	정두철, 배진용, 윤용민, 김부경, 김다빈
디자인	이현수, 김민하, 김영주, 안유경	제작	박기성, 황동현, 구성우, 배상진
마케팅	김회란, 박진관		
출판등록	2004. 12. 1(제2012-000051호)		
주소	서울특별시 금천구 가산디지털 1로 168, 우림라이온스밸리 B동 B113~114호, C동 B101호		
홈페이지	www.book.co.kr		
전화번호	(02)2026-5777	팩스	(02)3159-9637

ISBN	979-11-6836-763-0 03810 (종이책)	979-11-6836-764-7 05810 (전자책)

(주)북랩 성공출판의 파트너

북랩 홈페이지와 패밀리 사이트에서 다양한 출판 솔루션을 만나 보세요!

홈페이지 book.co.kr • **블로그** blog.naver.com/essaybook • **출판문의** book@book.co.kr

---

작가 연락처 문의 ▶ ask.book.co.kr

작가 연락처는 개인정보이므로 북랩에서 알려드릴 수 없습니다.

서인부 장편소설

10년
그리고
7일

10년 다니던 회사를 그만두고
나를 찾아 떠나는 7일간의 여행

 북랩

목차

Day 0;

일상

"타닥, 타닥…."

사람들 걷는 소리에 눈을 떴다. 내 눈에 가장 먼저 띈 것은 버스 안 시계. 벌써 7시 12분이었다. 항상 그렇 듯 눈의 따가움을 참으며 몸을 일으킬 무렵, 낯이 익은 사람들이 내 옆을 지나 통근버스에서 내린다. 분명 몇 년째 같은 버스로 출근을 하는 사람들도 있을 텐데, 그 쉬운 목례 한번 한 적 없는 사람들이다. 난 언제나 그랬 듯 가장 마지막으로 통근버스에서 내렸다.

정말 아무것도 특별할 것이 없는 날이다. 날씨도 여 느 가을날처럼 약간 쌀쌀하며 하늘이 맑지도 흐리지도 않은, 그냥 전형적인 평일 아침이다. 벌써 십 년이다. 같 은 출근길, 같은 업무, 같은 사람들…. 오늘은 어떤 일이 있을까 하는 기대감은 사라진 지 이미 9년은 된 거 같다. 집보다 더 많은 시간을 보내는 곳에 난 오늘도 출근했다. 어찌 보면 직장에 온 것이 아니라 집에 잠깐 다녀왔다는 것이 오히려 맞는 표현이다.

회사에 들어온 후 조직이 몇 차례 변경되어 내 자리도 몇 번 옮겼지만 내 책상은 신입사원 때와 별반 다르지 않다. 언제 샀는지 기억조차 나지 않는 플라스틱 컵, 쓸 일도 없는 몇 개의 볼펜들이 꽂혀있는 필기구 통, 정말 효과가 있는지는 모르지만 입사 때부터 붙어 있던 보안경이 장착된 모니터, 내 몸의 형태대로 변형되어 가고 있는 내 오랜 의자…. 난 또다시, 지난 몇 년간 그래왔던 것처럼 자리에 앉아 컴퓨터를 켠다. 주변에 이미 몇몇 사람들이 와서 앉아 있지만, 인사 따위는 서로 하지 않는다. "안녕하세요?" 이런 말은 정말 안녕한지가 궁금한 사람에게나 하는 질문이다. 그러나 나는 이 공간에 있는 누구에게도 그런 궁금증은 생기지 않으며 다른 사람들도 마찬가지일 것이다.

오래된 컴퓨터라 메일을 확인하는 데도 꽤 많은 시간이 걸린다. 하지만 괜찮다. 어차피 내가 이 시간에 일을 하든, 멍하니 바탕화면에 나오는 윈도우 로고나 보고 있든 내 월급에는 차이가 없으니까 말이다. 이제 슬슬 일을 시작해야 할 시간이다. 오늘도 성 차장은 어김없이 나에게 시킬 일에 대해 몇 통의 메일을 보냈다. 걸어가도 10초 정도 걸릴 거리에 앉아 있는 성 차장은 어느 땐가부터 업무 지시를 메일을 통해서 하고 있다. 생각해보면 내가 먼저 업무 보고를 메일로만 해서 이렇게 된 게 아닌가 싶다. 뭐 어찌 됐든 이 생활은 나에게 너무나 만족스럽다. 그 희한한 얼굴을 직접 마주하지 않아도 되니 말이다. 아무튼 나의 오늘은 또 이렇게 시작됐다.

11시 40분…. 이제 자리를 비울 시간이다. 몇 분 후면 사람들이 점심을 먹기 위해 일어나기 시작할 것이다. 내가 자리에 앉아 있으면 다른 직원들이 어쩔 수 없이 나에게도 "식사하러 가시죠~"라는 말을 할 것이다. 내가 "네, 그러시죠!"라고 말하면 어떤 반응을 보일까 궁금하기도 하지만, 그 호기심을 위해서 나만의 소중한 점심 시간을 포기할 수는 없는 일이다. 그래서 나는 사람들이 말을 걸 기회를 얻기 이전에 미리 자리를 비우고, 옥상으로 향했다. 늘 그렇듯 난 회사 건물의 가장 높은 곳에서 부지를 내려다본다. 이제 몇 분 후면 밥을 먹으러 분주히 움직이는 사람들을 보게 될 것이다. 5분쯤 지났을까? 오늘도 어김없이 사람들이 쏟아져 나온다. 식당이 선착순도 아니고, 회사 식당에 밥이 부족한 것도 아닌데 서로 먼저 먹겠다고 바삐 걸어가는 사람들은 정말 이곳에서 보면 개미 떼나 다를 것이 없어 보인다.

일개미들이 음식을 찾아 떠나는 시간은 그리 오래 걸리지 않는다. 5분 정도 후면 건물 앞은 조용해진다. 이제 내가 편안히 식사를 할 수 있는 시간이 온 것이다. 나는 천천히 계단을 통해 9층의 건물을 내려와 회사에서 10분 정도 걸어가면 있는 조그만 편의점으로 갔다. 이 편의점의 아르바이트가 몇 명이 바뀌는 것을 봤을 정도로 이곳을 꽤 오랫동안 점심시간마다 오고 있지만 아르바이트 직원과 음식 구입에 관련되지 않은 말은 단 한 번도 나눈 적이 없다. 지금 이 편의점에서 일하는 아르바이트 남자 학생이 몇 달 전 나에게 "자주 오시네요?"라고 한마디 건넨 적이 있지만, 난 대답 없이 거스름돈을 받고 나왔고, 그 뒤로 일주일을 그 편의점에 가지 않았었다. 그리고 다시 편의점을 찾았을 때는 다행히도 내 의도를 알아챘는지 아무런 말도 걸지 않았고, 지금까지도 우리는 사적인 대화는 하지 않고 있다.

편의점 메뉴는 가끔 오는 사람들에게는 매우 다양한 것처럼 보일 수 있겠으나 매일 점심마다 오는 나에게는 점심으로 먹을 수 있는 메뉴는 채 다섯 개가 되지 않는다. 다섯 개만 되었다면 월화수목금 요일별 메뉴를 정해놓고 먹었을 텐데, 내가 오랜 고민 끝에 결정한 점심 메뉴는 네 개밖에 되지 않는다. 컵라면, 삼각김밥, 편의점용 도시락, 떡볶이. 이렇게 네 가지만이 나의 점심 메뉴로 선택되었다. (이 점심 메뉴를 고르기 위해 몇 년 전 어느 주말에 종일 고민한 것을 생각하면 지금도 머리가 지끈거린다.) 하나를 더 추가해서 다섯 개를 채울까 하는 생각도 하지 않은 것은 아니지만, 이 순간은 내가 유일하게 고민이란 것을 해야 하는 시간이기 때문에 그냥 놔두기로 했다.

삼각김밥 두 개와 사이다로 점심을 간단하게 해결한 나는 오늘도 회사 식당의 식권 가격보다 무려 1,800원이나 적은 가격으로 조용히 점심을 먹은 것에 만족하며 회사로 걸어간다. 컵라면이나 떡볶이를 먹는 날보다는 천천히 걸어가야 사람들과 마주치지 않고 회사에 다시 들어갈 수 있기 때문에 나는 더욱더 천천히 걷기 위해 노력했다.

저녁 여덟 시가 다 되어 간다. 드디어 집에 다녀올 시간이 된 것이다. 퇴근 버스를 타기 위해 바쁘게 컴퓨터를 끄고 버스 타는 곳까지 뛰어가는 사람도 있다. 하지만 나처럼 계획적인 사람은 절대 그럴 일이 없다. 여덟 시 십 분 전 난 이미 아침에 탔던 그 버스의 다섯번째 줄 오른쪽 창가 자리에 안전벨트를 하고 이미 앉아있기 때문이다.

아홉 시가 다 되어서야 나는 나만의 공간인 내 집에 들어섰다. 반기는 사람 하나 없지만 난 내 집이 너무나

편하다. 이 집을 얻기까지 몇 년이 걸렸을까? 월세 원룸에서부터 시작한 내 회사생활은 어느덧 내 소유의 오피스텔에까지 이르렀다. 주말에 치킨이나 피자 배달원이 아니면 나를 제외하고 아무도 찾지 않는 곳이지만 누구의 방해도 받지 않고, 누구의 눈치도 보지 않는 나만의 공간이 난 너무나도 좋다.

샤워를 마치고 거실 소파에 누워 TV를 보며 과일로 저녁 식사를 해결한다. TV는 원래 만들어진 목적과는 다르게 내 집에서는 날 편안히 잠들게 만드는 도구로 쓰인다. 가장 잔잔하고 큰 소음이 없는 채널을 찾아 틀어놓고 졸릴 때까지 아무 생각 없이 화면을 응시하다 보면, 한 시간쯤 지나면 침대에 가고 싶은 마음이 생기게 된다. 오늘도 역시 열 시 반쯤, 모든 불을 끄고 방에 들어가 침대에 눕는다. 남들은 자기 전에 무슨 생각을 할까? 문득 궁금해진다. 하루 동안 있었던 일을 생각할까? 내일을 계획할까? 보통 난 아무런 생각도 하지 않고, 5분 안에 잠이 들곤 한다. 나도 오늘은 자기 전에 하루를 반성해볼까? 했지만, 당연히 아무런 생각도 들지 않는다.

오늘 하루도 나에게는 그저 특별하지 않은 하나의 "날"에 불과했으니까.

그런데 문득 이런 생각이 들었다. 오늘 내가 한 마디라도 말이란 것을 했었나? 아니다. 오늘 나는 아무런 말도 하지 않았다. 근데 그게 특이한 일인가? 그것도 아니다. 생각해보면 난 회사에서도 집에서도 말이란 것을 할 일이 거의 생기지 않는다. 일은 컴퓨터로 하고, 편의점 알바에게도 달라는 돈만 주면 된다. 종일 말을 한마디도 안 한 것이 나에게는 뭐 큰일은 아니지만, 오늘은 한마디 하고 자야겠다.

"잘 자라, 김민형…."

Day 1;

생각
그리고
시작

누군가 내 뒷자리에 앉으면서 손잡이를 잡았는지 내 의자가 살짝 뒤로 젖혀졌다. 난 통근버스로 출근하는 동안은 절대 눈을 뜨지 않는다. 피곤해서라기보다는 마땅히 이 시간에 할 일도 없고, 이 시간 동안 잠깐 졸고 일어났을 때의 개운함도 좋아하기 때문이다. 이렇게 중요한 내 단잠을 누군가 의자를 잡아당기면서 깨운 것이다. 하지만 난 그게 누구인지 궁금하지 않다. 어차피 아는 사람일 리도 없고, 지금 몸을 돌려 뒤를 쳐다본다고 한들 내가 뭘 할 수 있겠는가? 욕을 할 수도 없고, 가벼운 눈인사 정도? 그것도 내가 정말 싫어하는 무의미한 일들 중에 하나다.

사실 그보다는 잠에서 깨지 않은 듯 다시 잠들고 싶

은 마음이 컸다. 애써 다시 잠을 이어보려 애를 써봤지만, 점점 정신만 맑아지는 게 아닌가⋯. 평소에는 이 시간에 눈을 뜨고 있는 것 자체가 힘들었는데 오늘은 눈을 감고 있는 것이 오히려 귀찮게 느껴진다. 한번 눈을 떠볼까? 역시 눈을 뜨자마자 보이는 것은 "6:58". 버스 시계는 아직 일곱 시도 되지 않았음을 알려주었다. 15분은 더 잘 수 있었는데, 버릇없는 뒷자리 승객 때문에 내 소중한 수면 시간을 빼앗긴 것이다. 그런데 다르게 생각해보면 나에게는 없던 15분이란 시간이 생긴 것이 아닌가? 이 15분을 왠지 알뜰히 보내보고 싶은 생각이 들었다.

먼저 나는 창밖을 보기 위해 두꺼운 자주색 커튼을 치워봤다. 여름이 지난 지 얼마 되지 않은 9월의 아침은 내 예상보다 너무나 밝았고, 괜히 어두운 버스 안을 밝혀서 다른 사람들이 신경질을 내지 않을까 걱정되어 나만 밖을 볼 수 있을 정도의 공간만 남겨놓고 커튼으로 창을 다시 가렸다. 하늘 색깔은 어제와 별반 다르지 않게 약간 흐리지만, 바깥 공기는 왠지 상쾌해 보였다. 창문을 열고 손을 내밀어 바람이 내 손안에 가득 차는 느낌을 받고 싶었지만, 이 버스 창문은 통유리로 되어 있었다. 몇 년을 탔던 버스인데 창문이 없다는 것을 왜 오늘에야 알았을까…. 어쨌든 바깥 공기는 포기하고 마치 다른 세상처럼 보이는 바깥세상을 관찰해보기로 했다.

버스 정류장에는 많은 사람이 줄을 서서 버스를 기다리고 있었는데 그 많은 사람이 신기하게도 모두 비슷한 모습이었다. 다들 얼굴은 마치 자다가 누군가에게 억지로 끌려온 듯했고, 모두 귀에 이어폰을 끼고 있었고, 하나 같이 어깨는 축 처져 있었다. 다들 학교 아니면 직장에 가는 사람들일 텐데 저렇게 가기 싫으면서 꼭 가야 하는 건가 하는 생각이 들었다. 그러고 보니 나도 아침 출근길에는 저런 얼굴일까 궁금해졌다.

사실 내 얼굴과 내 표정이 난 잘 기억이 나지 않는다. 씻을 때마다 보긴 하지만 얼굴에 뭔가 묻어 있지는 않나, 거품이 다 씻겼나, 면도는 잘 됐나 그런 것을 보는 것이지 내 얼굴이나 표정을 보는 것은 아니었다. 눈의 초점을 약간 가깝게 가져오니 유리창에 반사된 내 얼굴이 희미하게 보였다. 가장 먼저 드는 생각은 '나도 이제 많이 늙었구나….' 하는 생각이었다. 내 얼굴은 밖에 보이는 사람들처럼 인상을 찌푸리고 있지는 않았지만 무기력하고 어떤 기분인지 전혀 알 수 없는 무표정한 얼굴이었다. 나도 저 사람들과 별반 다르지 않은 삶을 살고 있고, 똑같이 괴로운 아침을 보내고 있는 것이었다.

사실 나는 사람들을 관찰하는 것을 굉장히 좋아했다. 대학교에 입학하면서 남녀 공학이 된 것, 남는 시간이 많다는 것, 방학이 길다는 것 등 많은 점이 좋았지만 나에게 가장 좋았던 점은 새로운 사람들을 많이 볼 수 있다는 것이었다. 고등학교 때, 특히 고3 때를 생각해보면 반 친구들, 과목별 선생님들, 밤늦게 집에 오면 있는 가족들. 이 사람들이 내가 볼 수 있는 사람 전부였다. 그런데 대학을 와보니 과 동기들도 엄청 많고, 마음만 먹으면 여러 개의 동아리에도 가입할 수 있어 수많은 사람들과 친구가 될 수 있었다. 그리고 학교 주위에는 대학생뿐만 아니라 학생의 기분을 만끽하고 싶어 하는 중장년들, 어른처럼 보이려고 짙은 화장을 한 중고등학생들도 볼 수 있었다.

나는 항상 이 수많은 사람을 보는 것이 너무나 재밌었고, 나는 어디서든 사람들을 보는 것을 즐겼었다. 사람들이 표정이나 옷차림, 읽고 있는 책 등을 보며 그 사람이 뭐 하는 사람일까, 어디로 가는 길일까 추측도 해 보고, 나름대로 그 사람에 대한 스토리를 만들어 보기도 했었다. 저 아저씨는 대학생인 딸이 과외를 해서 번 돈으로 사준 넥타이라 싸 보이고, 색깔도 맞지 않는데 딸 선물이라 자랑하려고 매고 나왔군… 저 여학생은 남자친구랑 아침부터 문자를 주고받는데 보내고 기다리는 시간이 좀 긴 걸 보니 남자친구는 아직 더 자고 싶은데 문자를 보내는 여자친구가 엄청 귀찮겠군… 뭐 이런 상상들을 하다 보면 시간은 너무도 금방 지나갔었다.

하지만 난 더 이상 사람들 관찰도 하지 않고, 스토리 만들기는 더욱더 하지 않는다. 매일 보는 사람들, 매일 다니는 길, 뭐가 궁금하고 뭐가 재밌겠는가? 10년이다. 초등학교도 6년밖에 되지 않는데 나는 10년째 이 시간에 이 길로 출근을 하고 있지 않은가… 재미없다.

그동안 그냥 버릇처럼 회사를 다니면서 '재미없다'라

고 느낀 적은 없다. 왜? 생각 자체를 하고 다니지 않았기 때문이다. 회사에서 생각을 할 일이 뭐가 있겠는가? 시키는 일만 시키는 대로 하면 되고, 괜히 내 생각을 넣었다가는 윗사람에게 욕을 먹기 십상이다. 회사에서는 맞고 틀리고의 문제는 없다. 시킨 일이냐 안 시킨 일이냐의 문제만 있을 뿐이다. 똑똑한 사람이나 멍청한 사람이나 회사에 와서 몇 년을 같이 일하다 보면 다 비슷해지게 된다. 좀 더 똑똑한 사람은 다른 직장을 찾아 떠나지만 다른 직장도 별반 다르지 않다는 것을 알게 되고, 체념하게 된다.

그럼 난 왜 이 생활을 하고 있는 것일까? 돈이 필요해서? 난 이제 내 집도 있고, 지겹게 쫓아다니던 학자금 대출도 이미 갚은 지 오래다. 그렇다고 내가 먹여 살릴 가족이 있는 것도 아니고, 어떤 단체를 후원한다거나 종교에 기부를 하는 것도 아니다. 재테크를 잘 해왔다고는 할 수 없지만, 돈도 어느 정도 모아놨다. 저축을 했다기보다 돈을 쓸 곳이 마땅히 없었다는 표현이 맞을 것이다. 그럼 내가 이 회사에서 어떤 목표가 있다거나 사명

감 같은 것이 있을까? 당연히 아니다. 난 그냥… 그냥 다닌 것이다. 결국 난 이 회사를 계속 다녀야 할 이유가 하나도 없는 것이다.

그래. 이제 그만할 때가 됐나보다. 회사를 그만둘 이유가 있는 것이 아니라 계속 다닐 이유가 없는 것이다. 난 오늘 회사를 그만둬야겠다.

지금 당장 버스를 세워서 내리고 싶지만, 회사에 도착할 때까지 참기로 했다. 버스 기사에게 뭐라고 설명해야 할지도 모르겠고, 괜히 다른 사람들의 시선도 받기 싫다. 그냥 5분만 앉아 있으면 내리기 싫어도 내려야 하니 그리 긴 시간도 아니다. 회사를 그만두는 것은 결정했으니 이제 어떤 일을 할지 남은 5분 동안 생각해보기로 했다. 다른 직장을 알아볼까? 다른 직장도 비슷할텐데…. 사업을 해볼까? 회사 그만두고 치킨집 하다가 퇴직금 날리고 망한 사람 많다던데…. 기술을 배워볼까? 요즘 자격증 종류도 많아서 알아주지도 않는다던데….

에잇! 회사 그만둔 지 얼마나 됐다고 벌써 이런 고민

을 한단 말인가⋯. 공식적으로는 아직 그만둔 것도 아니다. 10년 정도 일했으니 나도 안식년까지는 아니더라도 안식월, 안식주 정도는 가져도 되지 않겠는가? 좀 쉬고, 좀 놀고, 그다음에 천천히 생각해도 괜찮을 것 같다.

그럼 이제 좀 더 단기적으로 당장 이 버스에서 내리면 어디로 갈지 생각해봐야겠다. 회사 앞에는 두세 대의 버스가 지나가는 버스 정류장이 있고, 그 주위에는 조그만 식당 한두 개를 제외하면 집이나 상가도 거의 없는 한적한 곳이다.

우선 회사에 도착하자마자 가장 먼저 해야 할 일은 회사에서 멀어지는 일이다. 시간이 맞아서 버스를 타면 좋겠지만 버스 정류장에 있다가는 출근하는 사람과 마주칠 수밖에 없을 것이다. 출근길에 잘 알지는 못해도 분명히 사무실에서 본 듯한 사람이 버스를 타려고 기다린다면 다들 의아하게 생각할 것이고, 혹시나 나와 같은 팀에 있는 사람이라면 어디 가시냐고 물어볼 게 분명하다. 그러면 난 분명히 대답도 못 하고 어색한 표정으로 다시 회사에 들어가게 될 것이다. 그리고 내가 회사와 반대 방향으로 걸어가는 도중에 버스 안에서 출근하는 사람이 그 모습을 본다면 또 이상한 소문이 날 수도 있다. 나와 아무 관계도 없는 사람들이어도 남 얘기를 하기 좋아하는 사람들은 분명히 출근하자마자 내가 어딘가로 걸어가고 있었다는 얘기를 하고 다닐 것이다. 그렇다면 난 버스에서 내리자마자 회사 건물을 등지고 버스가 지나지 않는 길로 이 회사에서 멀어지면 된다.

드디어 버스가 도착했다. 이제 겨우 회사를 벗어나 걸어갈 방향을 정했을 뿐인데 실행에 옮길 시간이 벌써 된 것이다. 여느 때 같았으면 난 지금쯤 잠에서 깨서 천천히 내릴 준비를 할 것이다. 하지만 오늘은 이미 내릴 준비를 끝냈을뿐더러 내려서 회사에서 탈출할 계획까지 세운 상태다. 그래도 다른 사람들이 내가 회사 건물이 아닌 다른 방향으로 가는 내 뒷모습을 보지 못하게 하기 위해서는 난 오늘도 마지막에 내려야 한다. 혹시 매일 같이 버스를 타는 사람들 중 나랑 같은 팀 사람 혹은 파티션 건너편에 앉는 사람이 있을지도 모르는 일이기 때문이다. 사람들이 모두 내린 뒤 나는 아무 일 없는 출근길의 회사원처럼 천천히 버스에서 내렸다.

아무도 나를 신경 쓰지 않을 텐데 이렇게까지 연기를 해야 하나 싶기도 하지만 되도록 조용히 회사를 떠나고 싶었다. 버스에서 내린 뒤 신발 끈을 묶는 척하며 버스 기사가 버스를 몰고 지나가기를 기다렸다. 버스 기사도 나의 이상한 진행 방향을 문제 삼을 수도 있다는 생각이 갑자기 든 것이다. 버스마저 회사를 떠나고, 이제 드디어 갈 시간이 됐다. 얼핏 주위를 둘러봐도 내 쪽을 쳐다보는 사람은 보이지 않았고, 내가 조용히 코너를 돌아 좁은 길로 들어설 수 있는 시간은 충분해 보였다. 이제 출발이다.

아침 시간에 회사에서 어떤 사람이 걸어 나온다고 해서 신경 쓸 사람이 있기는 할까? 정말 평범하게 아무 일 없다는 듯이 걸으려고 하는 내 모습은 정말 그렇게 보이기는 할까? 팔을 흔드는 게 너무 부자연스러운 건 아닐까? 고개를 두리번거리면 불안해 보이겠지? 그 짧은 거리를 걸으면서 난 너무도 많은 생각을 했다. 이놈의 소심함. 언제부터 이렇게 남들의 시선이나 평가, 관심들에 민감해하고, 불안해했는지….

회사 탈출 1분 만에 쓸데없는 고민들로 머리가 아파오기 시작했다. 하지만 이제 내가 갈 곳을 정해야 할 시간이다. 회사에서 수백 미터 떨어진 좁은 길에 서 있는 나는 우선 전철역으로 가기로 했다. 몇 시간을 걸어봐야 이 근처를 벗어나지는 못할 테니 좀 더 선택의 폭을 넓히기 위해서 빠른 교통수단이 필요했다. 버스는 매일 타고 다녔으니 오랜만에 전철을 타는 것으로 정했고, 가까운 전철역으로 향했다. 가는 길을 정확히는 모르지만, 스마트폰 지도까지 꺼내고 싶지는 않았다. 난 시간이 많으니까… 그리고 아직 어디로 가야 할지 생각할 시간이 좀 더 필요하니까….

얼마 만에 아침 하늘을 이렇게 편안히 보는 것일까? 회사에 출근하면 고개를 숙이고 사무실까지 걸어가곤 했으니 하늘을 볼 일은 거의 없었다. 가끔 비가 오려나 하고 흐린 하늘을 보고 우산이 필요한지 결정해야 할 때를 빼고는 하늘을 본 적이 없던 것 같다. 오늘도 어제와 비슷한 날씨에 비슷한 하늘색이었다. 내 인생에서 큰 결단을 내린 오늘 같은 날 하늘이 좀 더 맑고, 화창했으면 '이게 내 미래와 같겠군!'이라며 기분 좋게 걸어보려 했건만 하늘은 그냥 맑지도 않고, 흐리지도 않고, 그냥 어중간한 모습이었다.

설마 이게 내 미래인 건가? 목표도 없고, 꿈도 없고, 희망도 없고, 그렇다고 나쁜 일도 없고… 그냥 어중간한 인생…. 아니다. 어제까진 그랬을지 몰라도 이젠 아니다. 이렇게 큰 결심을 하고 회사를 나왔는데 뭔가 달라지진 않겠는가? 전형적인 가을 하늘처럼 높고 푸르고 화창한 날이 될 수도 있고, 늦은 여름에 몰려오는 태풍 때문에 큰 비바람이 불어오는 날이 될 수도 있을 것이다. 어느 쪽이든 분명 어제와는 다를 것이다.

20분쯤 걸었을까? 드디어 기다리던 전철역이 보이기 시작했다. 이런저런 생각들을 하느라 아직 갈 곳을 정하지는 못했지만, 전철 노선표를 보면 선택하기가 쉬울 테니 우선 위로 올라가 보기로 했다. 내가 전철을 마지막으로 탔던 게 언제일까? 대학교 때는 매일같이 탔었지만 취직한 이후로는 주말에 가끔 일이 있을 때만 탔던 것 같은데 그것도 최근 1~2년 사이에는 없었던 것 같다. 특히 이 역에는 올 일이 더욱더 없었다.

문득 대학 졸업 직전 면접을 보러 이 역에 왔던 날이 생각났다. 날짜는 정확히 기억이 나지 않지만, 12월 중순쯤이었던 것으로 기억난다. 그날도 몹시 추운 날이었지만 코트까지 입기에는 면접 장소에 옷을 벗어 놓기도 쉽지 않았던 다른 회사의 면접 기억이 있어서 그냥 검정색 정장만 입고, 장갑도 없이 회사로 향했었다. 그날도 전철역에 내려 20분 정도를 걸어서 회사에 도착했다. 다행히 오전부터 진행되던 면접이 조금씩 지연되면서 내가 대기 장소에서 기다려야 하는 시간도 원래 일정보다 점점 늘어나고 있었다. 만약 제시간에 면접에 들어갔었더라면 나는 면접 내내 시뻘건 얼굴로 콧물을 훌쩍거리며 말도 몇 마디 못 하고 면접에 떨어졌을지 모른다. 하지만 면접 대기 장소에 있던 히터로 몸을 충분히 녹인 다음에 면접장에 들어갈 수 있었고, 항상 하던 대로 당당히 면접에 응했다. 나는 대학교 때 수많은 면접을 보면서 항상 마음가짐을 이렇게 가졌었다.

"면접은 회사가 필요한 사람을 뽑아서 모셔가기 위해 있는 자리지, 돈이 필요한 사람이 취직시켜 달라고 구걸하는 자리는 아니다. 회사가 날 안 뽑으면 그건 회사가 손해인 것이다."

이런 생각 때문에 난 어느 면접에서도 떨지 않고 너무도 당당하게 말을 했었고, 그 때문인지 아니면 학점이나 다른 요인들 때문인지는 확실치 않으나 다른 많은 4학년 친구들이 1학기 때부터 미리 취직을 확정지은 반면, 난 졸업을 한두 달 남긴 그 시점까지 면접을 보고 있었다. 그 면접에서도 난 언제나처럼 할 말을 편하게 다했었고, 다행스럽게도 이 회사 면접관들은 날 건방지게 보지 않고 당찬 신입사원으로 본 것인지 2주 후 합격 통보를 해줬다.

당시 보았던 그 세 명의 면접관들 중 두 명은 이미 회사에서 볼 수 없고, 남은 한 명도 대표이사란 직급으로 회사에 있을 정도로 시간이 많이 흘렀지만 난 입사 때부터 바로 오늘 아침까지 그 사람들보다 내가 회사를 먼저 나오리라고는 생각하지 못했었다.

생각보다 전철역 플랫폼에는 사람들이 너무나 많았다. 지금 시간 7시 43분…. 출근하는 사람들이 많은 건 당연한 시간이다. 여기 서 있는 사람들도 많은데, 조금 전 이전 역에서 출발했다는 전철에는 또 얼마나 많은 사람이 있을까? 벌써부터 그 많은 사람과 어깨 싸움을 하며 조금이라도 자리를 차지하려고 신경전을 벌일 생각을 하니 전철이 아닌 광역 버스를 찾아볼걸 그랬나 하는 생각이 든다. 하지만 저 멀리 들어오는 전철을 보면서 나는 어떻게 보면 오랜만에 찾아온 여행 기회의 첫 출발점인데 여기서부터 짜증 내고 후회하지 말자 다짐을 하며 억지로 웃음을 지어봤다. 행복해서 웃는 게 아니라 웃어서 행복한 거라는 말도 있듯이 당분간만이라도 세상을 좋게 보고 즐겨보려고 노력해 봐야겠다.

내 노력을 비웃기라도 하듯이 도착한 전철은 문을 열 필요가 있었나 싶을 정도로 내리는 사람 없이 이미 꽉 차 있었다. 저 안으로 들어가야 할까? 들어갈 수는 있는 걸까? 잠깐 고민하는 사이 뒤에서 사람들이 밀기 시작했고, 나는 먼저 타 있던 사람들과 몸을 밀착한 채 얼굴을 마주하는 다소 민망한 상태가 되어버렸다. 나는 잽싸게 몸을 뒤로 돌려 다른 사람들과 마찬가지로 문 방향으로 향했다. 내가 걱정했던 것만큼 전철 안은 불편하지 않았다. 아직 가을이라 내 옷은 두껍지 않아 덥지 않았고, 손잡이나 기둥에 손이 닿지는 않았지만 앞뒤좌우에 많은 사람이 내 몸을 지탱해주었다. 내 주위 사람들은 내 작지 않은 몸에 밀려 답답했을지는 모르지만 나는 전철의 흔들림에 몸을 맡기고 편안히 사람들에게 기댄 채 문위에 있는 전철 노선도를 보며 어디로 갈지 생각할 시간을 가졌다.

신도림역에 가까워지면서 나는 마음이 급해졌다. 지난 몇 개의 역을 지나는 동안 나는 사람이 많은 곳으로 가기로 결정했고, 목적지로 강남역을 정했다. 신도림역에 내려 2호선으로 갈아타기로 결심하고 난 후 사람들에게 기대 편안히 가고 있었는데 신도림역의 내리는 문은 왼쪽이라는 방송이 나온 것이다. 그런데 나는 탔던 오른쪽 문에서부터 세 번째 사람이었던 것이다. 다시 몸을 돌려 보니 내 앞에 너무나 많은 사람이 버티고 있었다. 만약 이 꽉 찬 전철 안에서 1분 정도 남은 시간 동안 이 사람들 틈을 비집고 왼쪽 문 앞까지 가려다가는 분명 성질 더러운 남자의 신경질적인 욕을 들어야 할 것이 분명해 보였다.

난 잽싸게 노선표를 살폈다. 이번에 못 내리면 시청역에 가서 2호선을 타고 강남역으로 가겠다는 두 번째 계획을 세웠다. 난 어차피 시간이 많으니까 크게 걱정할 일은 아니었다. 하지만 다행히도 그 많은 사람이 모두 출근 시간에 늦었는지 좁은 전철 문이 열리자마자 거의 뛰다시피 전철 안을 빠져나갔고, 나도 별 힘을 들이지 않고 사람들이 밀어주는 대로 신도림역에 내릴 수 있었다. 얼마나 고마운 사람들인가? 전철 안에서 힘도 안 들게 몸을 지탱해 주더니, 내릴 때가 되니 슬쩍 몸을 밀어주며 플랫폼 중앙까지 인도해주기까지 했으니 말이다.

얼마 후 나는 강남역에 도착했다. 사람들 구경을 하기 위해 가장 사람이 많을 것 같은 곳에 왔는데 오는 길에 이미 다 본 것 같은 느낌이었다. 좀 다양한 사람을 보면서 다들 어떻게 살고 있는지 보고 싶어서 온 것이었는데 아홉 시도 안 된 시간에 전철과 강남역에서 본 사람들은 그냥 평범한 출근길의 사람들이었다. 몇 시간쯤 지나서 다시 나와봐야 할 것 같아서 시간을 때울 곳을 찾아봤다. 가장 먼저 생각난 것은 PC방이었지만, 요즘은 내가 대학 때 했던 스타크래프트는 없을 것 같았다. 가끔 집에서 TV 채널을 돌리다가 게임 방송을 볼 때가 있었는데 이름도 모르는 게임들 뿐이었던 기억이 났다. 괜히 PC방에 갔다가 할 줄 아는 게임이 없으면 난 또 아까운 시간 동안 회사에서도 할 수 있는 인터넷이나 하면서 관심도 없는 뉴스나 보게 될 것이란 생각이 들었다.

그렇다면 정말 오랜만에 문화생활을 즐겨보는 것도 괜찮을 것 같았다. 사람들을 피해 인도 끝으로 걷던 내 눈에 멀티플렉스 영화관이 보였기 때문이다. 내가 영화를 마지막으로 본 게 언제였을까? 대학교 때는 몇 번 본 기억이 있는 것 같고, 회사에서는 무슨 선진 기업 문화를 외치며 단체로 영화를 보러 갔던 적이 있던 것 같다.

하지만 아무리 기억해봐도 혼자 극장에 와 본 적은 없던 것 같아 좀 망설여졌다. 그래도 달리 갈 곳이 생각나지 않았기 때문에 그냥 극장으로 올라갔다. 우선 무슨 영화를 볼지 정해야 했다.

어차피 내가 본 영화는 없을 테니 가장 빨리 시작하는 영화만 고르면 됐다. 9시 정각에 시작하는 영화를 보기로 한 나는 내 옆에 세워져 있는 안내판에 있는 할인 카드 목록을 살펴봤다. 그 많은 카드 중에는 내 지갑에 있는 신용카드도 들어가 있었다. 그런데 조그만 글씨를 읽어보니 이용실적 조건이 있었다. 그 조건이 얼마이든 간에 나는 해당이 안 될 게 분명했다. 최근 카드로 큰돈을 쓴 기억이 없을뿐더러 주말에 가끔 시켜 먹는 피자나 치킨으로 한 달에 몇십 만원을 채웠을 리는 없기 때문이다.

나는 한참 어려 보이는 점원에게 난 이 나이에 아침 일찍 혼자 영화를 보러왔다는 것을 알려주기 싫어서 자동판매기로 보이는 기계로 갔다. 하지만 이 또한 괜히 잘못 만져서 헤매는 모습을 보이면 극장 로비를 돌아다니는 어린 알바생이 와서 도와준다고 하면서 '이런 것도 못하냐'고 속으로 생각할 것 같아 기계 사용도 포기했다. 어쩔 수 없이 나는 대기자가 없어 번호표도 뽑을 필요 없었지만, 번호표를 뽑고 점원에게로 갔다.

"무슨 영화 보시겠어요?"

나는 내가 정한 영화와 시간을 또박또박 얘기했다. 혹시나 다시 물어보지 않도록, 내가 이 어린 점원과 해야 하는 대화를 최소화하기 위해서였다. 다음 질문은 뻔해 보였다. "몇 분이서 오셨어요?"겠지? 그럼 나는 "한 명이요"라고 해야지. 이미 다 계획을 세워놓았다. 그런데 그 점원은 이렇게 묻는 것이 아닌가.

"한 분이세요?"

난 당황하면서 "네"라고 대답했고, 좌석 선택도 그냥 대충 해버리고 표를 받아서 로비 의자로 가서 앉았다. 왜 나한테는 "한 분이세요?"라고 물어봤을까? 내가 혼자 온 것처럼 보였을까? 아니면 같이 올 사람이 없을 것 같이 생긴 걸까? 분명히 일행이 있더라도 미리 상의를 통해 영화를 정해놓고 한 명만 표를 구입하러 가는 경우도 있을 텐데 왜 나는 혼자 왔을 거라고 확신했을까?

갑자기 가슴이 답답해진다. 어떻게 보면 점원은 그냥 아무 뜻 없이 한 말일 수 있다. 아니면 혼자 온 사람에게 "두 분이세요?"라고 물어보는 것이 더 실례일 수 있으니 한 명에게는 그냥 "한 분이세요?"라고 물어보라는 교육을 받았을 수도 있다. 난 왜 이런 아무것도 아닌 일에 고민을 하고, 짜증을 내고, 신경을 쓰는 것일까? 그동안은 별 생각 없이 살았는데 오늘은 나 자신이 너무 한심하고, 답답하게 느껴지기 시작했다. 분명 난 이렇지 않았는데….

영화가 끝나고 나니 12시가 다 되어 가고 있었다. 배가 고픈 것을 보니 점심을 먹을 시간이다. 사실 오늘 하루 아직 아무것도 먹지 않았으니 배가 고픈 것도 당연한 일이다. 오늘은 편의점에서 컵라면을 먹는 날이지만 여기까지 와서 어제와 같은 점심을 먹고 싶지는 않았기 때문에 뭔가 근사한 음식을 찾아서 거리를 돌아보기로 했다.

아침엔 출근 시간이라 사람이 많겠지, 했는데 이제는 점심식사를 하러 나온 직장인들 덕분에 아침보다 더 많은 사람이 거리를 채우고 있었다. 아침에는 다들 회사로 가기 위해 바쁜 발걸음이었다면 지금은 좀 더 여유 있는 움직임들이라 오히려 더 복잡한 거리 상태였다. 이 시간에는 내가 혼자 들어가서 밥을 먹을 수 있는 음식점을 찾기는 어려워 보였다. 웬만한 식당은 빈자리는커녕 사람들이 줄을 서서 기다릴 정도였고, 가끔씩 보이는 편의점에도 사람들이 꽤 있어서 조용히 컵라면을 먹을 수도 없을 것 같았다.

한 시간 정도면 사람들이 대부분 회사로 돌아가 좀 한산해지겠지만 그때까지 있을 곳도 없고, 그때까지 배고픔을 참을 수도 없을 것 같았기 때문에 나는 근처에 보이는 베이커리 가게로 들어갔다. 이곳에서도 앉아서 먹을 만한 자리에는 사람들로 꽉 차 있기도 했고, 여기서 파는 우유는 비싸다는 것을 알고 있었기 때문에 간단히 먹을 수 있고, 목이 메지 않을 만한 빵을 몇 개 골라 밖에서 걸어가며 먹을 생각이었다.

빵을 두 개 사서 나오는데 오랜만에 내 스마트폰에서 진동이 두 번이나 울렸다. 하나는 분명히 카드 결제 내역 문자일 텐데 두 번째 진동은 왜 울린 것인지 궁금해졌다. 나한테 연락할 만한 친구도 없고, 다른 사람들에게는 자주 온다는 스팸 문자도 나에게는 거의 오지 않기 때문이다. 나는 겉옷 주머니에 있던 스마트폰을 꺼내 확인해 보았다. 화면에는 두 가지 알림이 떠 있었다. 하나는 역시 카드 결제 내역 문자였고, 다른 하나는 카카오톡 메시지였다. 보낸 사람 이름은… 성기준….

나는 스마트폰에 연락처를 이름으로만 입력한다. 대부분이 회사 사람이지만 직급은 빼고 저장을 한다. 부장이든, 신입 사원이든 나한테는 모두 똑같은 회사 사람이기 때문이다. 직급이 높은 건 그 사람이 잘나서 그런 것이 아니라 그냥 먼저 태어났기 때문이라고 항상 생각해 왔다. 결국 회사 안에는 나보다 잘난 사람도 없고, 나보다 못난 사람도 없는 것이다. 다 평등한 사람들이니 내 스마트폰에서만큼은 동등하게 저장을 하고 싶었고, 그 이유로 딱 이름 세 글자만 입력을 해놨었다.

성기준이란 이름의 사람은 우리 회사, 아니 어제까지 내가 출근했던 회사의 내 상사였던 성 차장이었다. 내가 이 사람을 포함해서 회사 사람들의 전화번호를 저장해 놓은 것은 이 사람들에게 연락할 일이 있어서가 아니다. 사실 나는 모르는 번호로 온 전화나 문자를 너무 싫어한다. 전화가 올 때는 받으면 누구인지 궁금증이 풀리지만 부재중 전화가 와 있거나 누군지 확실치 않은 문자가 오면 나는 온종일도 궁금할 때가 있다. 그래서 나는 카드 결제 문자를 보내오는 카드 회사, 택배 기사 전화번호까지, 저장할 수 있는 모든 번호를 저장해 놓았다.

성 차장이 보낸 카카오톡 메시지의 내용은 다음과 같았다.

"김 과장, 오늘 무슨 일 있나? 아직 회사에 안 나온 것 같아서. 무슨 일 있으면 연락 주게."

참 어이가 없었다. 정말 내가 무슨 일이 있는지 걱정이 되는 사람이라면 전화를 하는 게 당연한 일 아닐까? 내가 출근길에 사고라도 당했다면 당연히 이 메시지를 확인할 수 없을 것이다.

그리고 12시가 넘어서 '아직 회사에 안 나온 것 같아서'? 난 이제까지 단 한 번도 지각을 한 적이 없었고, 나에게 관심이 있었다면 여덟 시에는 내가 안 나온 것을 알아차려야 하지 않았을까? 이 메시지 하나에 나는 여러 가지 생각이 들었고, 다음과 같이 결론을 내렸다.

성 차장은 아마 열 시가 넘어서 화장실을 갔거나 커피를 마시러 돌아다니다가 당연히 앉아 있어야 할 사람이 자리에 없고, 컴퓨터도 켜져 있지 않은 것을 확인했을 것이다. 그리고 내 자리 주위의 몇몇 사람들에게 나를 오늘 봤냐고 물어봤을 것이고, 그 몇몇 사람들도 그제야 내가 없다는 것을 눈치챘을 것이다. 위 사람에게 보고하는 것을 좋아하는 성 차장은 곧바로 부장에게 가서 내가 나오지 않았다는 것을 말했을 것이고, 먼저 연락도 해보지 않고, 보고를 하러 왔다고 부장에게 또 욕을 먹었을 것이다.

성 차장은 항상 그런 식으로 부장한테 혼이 났었다. 무슨 문제가 생기면 원인 분석이나 대책 마련 등은 고민해 보지 않고, 잽싸게 보고만 하러 갔다가 혼이 나서 돌아오기 일쑤였다. 아무튼 성 차장은 욕을 먹고 자리에 와서 나에게 전화를 해볼까 고민을 하다가 평소에 얘기도 잘 안 하는데 전화를 하기에는 좀 부담스러웠을 것이고, 문자 메시지는 요금이 나갈 텐데 나한테 돈을 쓸 정도로 내 안위가 궁금하지는 않으니 고민 끝에 카카오톡 메시지를 보냈을 것이다. 내가 읽었는지 여부도 알 수 있으니 좋은 선택이었다고 생각했을 것이다. 내가 대답도 없고, 메시지를 읽지도 않는다면 오후쯤 가서 부장에게 내가 연락이 되지 않는다고 보고를 할 생각이었을 것이다.

나는 이미 메시지를 읽었으니 곧 내가 메시지를 읽었음을 성 차장이 알아차릴 것이다. 뭔가 대답을 해줘야 성 차장이 왜 대답이 없을까? 다시 보내야 하나? 같은 고민을 하지 않을 것이다. 뭐라고 보낼까? 몸이 아프다고 뻔한 거짓말을 해볼까? 가족 중 누가 다쳤다고 할까? 늦잠을 잤다고 할까? 별 핑계가 다 떠올랐다. 그러다 문득 이런 생각이 들었다. 이런 핑계들은 내가 오늘 하루 안 간 것에 대한 이유가 아닌가… 그렇다면 나는 내일 회사에 가든가 다시 거짓말을 해야 할 것이다.

그런데 나는 회사를 그만두기로 결심하지 않았는가? 괜히 거짓말로 오늘을 넘긴다면 난 회사로 돌아갈 여지를 남겨두는 것이고, 그렇다면 난 내 결심에 확신이 없고, 후회를 할 가능성을 염두에 두는 것이다.

본래의 나는 정말 이런 사람이 아니었다. 사람들과 어울리기 싫어 혼자 밥을 먹는 사람도 아니었고, 매일 보는 편의점 알바와도 얘기를 하기 싫을 정도로 폐쇄적인 사람도 아니었고, 극장 점원의 아무 의미 없는 말에 한참을 고민하던 사람도 아니었다. 매사에 소심하고, 매사에 고민하고, 모든 일을 부정적으로 보고, 어떤 결심을 할 때 그렇게 오랜 시간을 들이고, 내가 내린 결정에 후회하고 그런 사람은 아니었다고 적어도 나는 기억한다. 도대체 내가 언제부터 이런 답답한 사람이 되었을까?

나에 대한 고민은 성 차장에게 답장이나 한 뒤에 해보기로 마음먹었다. 나는 회사를 그만두기로 했으니 그냥 솔직히 그 사실을 통보해야겠다고 생각하고 다음과 같이 메시지를 보냈다.

"저 오늘부로 퇴사하기로 결정했습니다. 특별히 인수 인계할 일은 없는 것 같으니 조만간 회사로 찾아가 짐 정리 및 퇴사 처리 마무리하겠습니다."

이렇게 메시지를 보내고, 대화창을 닫고, 성 차장은 차단 처리를 했다. 성 차장이 메시지를 읽는지 궁금하지도 않고, 뭐라고 답장이 오면 또 대답을 해줘야 할 테니 귀찮을 것 같았다. 정확히 언제 간다고 하지도 않았으니 천천히 내가 가고 싶을 때 회사에 가서 사인 몇 개만 하고 내 짐을 찾아서 나오면 되는 것이다. 영화나 드라마를 보면 '사직서'라고 쓰인 봉투를 제출하고 퇴사를 하지만, 보통 회사는 그런 것이 없다. 적어도 내가 다니던 회사는 정해진 양식에 몇 자 적고, 사인 몇 개 하고, 윗사람들과 형식적인 면담 몇 번만 하고 나오면 되는 것이다.

이제 회사는 정리했으니 이제 내 고민을 진지하게 해봐야겠다. 분명 내 기억으로 난 이런 사람이 아니었다. 물론 사람은 변할 수 있고, 그게 꼭 나쁜 것만은 아니다. 하지만 난 지금의 내가 너무나도 마음에 들지 않고, 내가 기억하는 지금과는 다르던 예전의 나의 모습으로 돌아가고 싶다. 더 기분이 나쁜 것은 내가 나도 모르게 이런 모습으로 변했고, 언제인지 모를 때부터 나 자신이 싫어하는 모습으로 이제껏 살아오다가 오늘에야 알아차렸다는 것이다. 그동안 나는 얼마나 변했을까? 언제부터, 또 왜 변하게 된 것일까?

문득 이런 생각이 들었다. 정말 오랜만에 생각이란 것을 이렇게 많이 해보다니…. 항상 똑같은 출근길, 똑같은 업무, 같은 식사, 일정한 퇴근 시간…. 정해진 스케줄, 시키는 일만 하다 보니 생각, 고민, 이런 것을 많이 할 일이 없었다. 고작 고민이라고 해봐야 점심 메뉴 고르는 정도였는데… 오랜만에 머리를 썼더니 한쪽 머리가 지끈대왔다. 분명 머리가 아픈데 기분은 그리 나쁘지만은 않았다. 마치 이제 좀 사람답게 사는 것 같은 느낌?

이제 진지하게 고민을 해볼 장소를 찾아야겠다. 사실 난 아까부터 빵집 앞에서 빵이 든 조그만 봉지를 손에 들고 입구 옆에서 한참을 서 있었다. 빵집을 드나들던 사람들은 입구 한쪽 편에 자리 잡고 통행을 불편하게 만들고 있는 나를 달갑게 보지는 않았을 것이 분명했다.

하지만 다행히도 날 건드리거나 어깨를 부딪치면서 지나가는 사람은 없었기 때문에 내가 어느 정도 영업 방해를 하고 있음을 전혀 깨닫지 못하고 있었다.

우선 몇 발짝 옆으로 움직여서 가게 점원의 따가운 눈총을 받지 않을 만한 자리로 옮겼지만, 아무에게도 걸리적거리지 않을 만한 장소를 찾아서 마음 놓고 생각을 해보고 싶었다. 어디로 가볼까? 사람 구경은 실컷 했으니 이젠 내 앞에 사람이 지나가지 않는, 그래서 내가 지나가는 사람들에게 내 상상의 능력을 할애하지 않아도 되는 곳을 찾아야겠다. 몇 초 지나지 않아 좋은 장소가 하나 떠올랐다. 사실 이 서울 한복판에서 내가 잘 안다고 하는 장소는 그리 많지 않았기 때문에 선택의 폭은 그리 넓지 않았다. 이제는 조금 한적해진 지하철을 타고 십여 년 전 내 사색의 장소였던 곳으로 향했다.

대학생 때 난 여의나루역 근처의 한강 공원을 가끔 찾았다. 한강 변에 있는 조그만 나무 벤치에 앉아 있는 것을 좋아하게 된 것은 대학교 2학년 때쯤이었던 것으로 기억한다. 지방에서 올라와 학교 근처에서 자취를 했던 나는 학교 주변을 벗어난 적이 없었다. 아니 아는 곳이 없어서 벗어나지를 못했다는 표현이 맞겠다.

자취방과 학교에 오갈 때 역 몇 개를 지나기 위해 전철을 탔던 것을 제외하면 대중교통도 거의 이용하지 않을 정도였다. 학교에 가면 항상 친구들이 있었고, 지금 생각하면 굉장히 싼 가격에 세 끼 식사를 제공해주는 학교 식당도 있었고, 언제든지 아무의 방해도 받지 않고 컴퓨터 게임을 즐길 수 있는 작지만 조용한 내 자취방도 있었기 때문에 다른 곳에 갈 필요를 못 느꼈었다.

난 항상 친구들과 함께였고, 심심할 틈이 별로 없었는데, 주말에는 가끔 외로워질 때가 있었다. 친한 친구들 중에는 학교 근처에서 자취를 한다거나 집이 근처인 친구는 없었기 때문에 주말엔 늘 혼자였다. 평일 밤에는 술 마시고 집에 못 간 친구들이 자러 와도 되냐는 전화도 오곤 했지만, 주말에는 문자 한 통 오지 않는 경우가 많았다. 물론 도서관에는 항상 사람들이 많았지만 내 얘기를 들어줄 사람은 단 한 명도 없었다. 그래서 대학교 2학년 따뜻한 봄날이었던 주말에 학교 주변을 떠나 보기로 결심했다.

내가 평소에 가보고 싶었던 곳은 두 군데가 있었다. 바로 남산과 한강이었다. 대학교 때문에 처음으로 서울이란 곳을 와 본 나는 아직 서울이란 곳을 방송으로만 아는 고향 친구들에게는 부러움의 대상이었다. 가끔 걸려 오는 고향 친구들의 전화 통화에서 친구들이 항상 물어보는 것은 거의 비슷비슷했었다. 서울에는 정말 사람이 많은지, 그리고 남산타워는 가 봤는지, 한강 유람선은 타봤는지였다. 대부분의 질문들에는 서울을 잘 모르는 촌스러운 친구들에게 어느 정도 잘난 척을 할 수 있었지만, 남산과 한강을 못 가본 나는 친구들에게 서울까지 가서 뭐 했냐는 핀잔을 들었어야 했었다.

유난히 따뜻했던 봄날 내가 처음으로 가보기로 한 곳은 두 군데 중 한강이었다. 사실 지하철은 노선표를 보면 쉽게 갈 자신이 있었는데 서울에서 버스를 혼자 타는 것에는 약간의 부담이 있었다. 한강은 여의나루역에 내리면 가깝다는 것을 지도를 봐서 확인할 수 있었는데 남산은 그렇지 않았다. 명동역에서 걸어가기는 좀 멀어 보이고, 남산도 엄연히 산이니 등산길이 될 텐데. 체력에는 자신 있었지만, 서울까지 와서 등산을 하고 싶지는 않았다. 명동에서 버스가 다닐 것은 어느 정도 예상했었지만 케이블카가 있다는 것을 안 것은 얼마 되지 않았다.

아무튼 한강으로 장소를 정한 나는 지하철을 굉장히 자주 타는 사람처럼 자연스러운 척을 하며 지하철을 탔고, 환승역에서는 생각보다 길이 복잡해 좀 당황스러웠지만 헤매는 모습을 보이지 않기 위해 절대 높은 곳에 시선을 두지 않았다. 다행히 얼마 헤매지 않고 여의나루역에 도착했고, 집에서 지도로 본 대로 북쪽으로 걸어가자 금방 한강에 도착할 수 있었다. 날씨가 좋아서 잔디밭에 놀러 온 가족들도 많았고, 데이트를 하는 연인들에, 어렸을 때 이후 본 적이 없던 연을 날리는 아이들도 꽤 있었다. 먼저 친구들이 부러워할 만한 유람선을 타보고 싶어 매표소로 가봤지만, 매표소가 가까워질수록 타보고 싶은 마음은 점점 사라졌었다.

우선 매표소 앞에 잔뜩 모여 있는 할아버지, 할머니 무리가 보인 반면 젊은 사람은 거의 보이지 않았었다. 하긴. 생각해 보면 이 근처 사는 사람들은 벌써 어렸을 때 다 타봤을 테니 내 나이 정도 되는 사람이 유람선을 탄다면 그건 분명히 시골에서 올라와 관광을 하려는 촌스러운 모습으로 보일 것이었다. 결정적으로 매표소 앞에 다다랐을 때는 한 시간 정도 되는 시간 동안 만 원 가까운 요금을 내야 한다는 것을 확인했고 결국 나는 유람선 타는 것을 포기해야 했다. 그 정도 돈이 없는 것은 아니었지만 그 당시 만 원은 나에게는 그리 쉽게 쓸 수 있는 돈도 아니었다. 그래서 나는 결국 유람선은 포기하고 그냥 한강이 잘 보이는 곳에 있는 나무 벤치에 앉아 있기로 했다.

벤치에 앉아 있으니 세상이 고요해지는 것 같은 느낌이 들었다. 나에게 서울이란 곳은 복잡함, 혼잡함 같은 단어만 어울리는 곳이었다. 물론 그것이 싫지만은 않았지만, 항상 내 눈앞에 스쳐 지나가는 수많은 사람은 내 생각에 쉴 틈을 허용하지 않았다. 난 나를 쳐다보는 사람에게는 항상 어떤 말이든지 했었고, 그냥 지나가는 사람을 보면서는 저 사람은 뭐 하는 사람일까? 어디를 가는 걸까? 하고 항상 궁금해하고 상상을 했었다. 그러고 보면 내 머리는 잘 때를 제외하면 항상 생각을 하는 데 바빴다. 그런데 막상 이 벤치에 앉으니 내 눈앞에는 내 생각을 자극하는 것들이 거의 보이지 않았다.

한강 물은 계속 흐르고 있었지만 어디로 가는지 금방 예측을 할 수 있었고, 한강 건너편에는 사람들이나 차가 지나가고 있었겠지만 내가 무언가를 생각할 수 없을 정도로 한강은 충분히 넓었다. 정말 오랜만에 아무 생각을 하지 않고 있을 수 있었고, 다른 사람에 대한 생각이 아닌 나 자신만을 위한 생각을 할 수 있는 기회를 얻었다. 나는 그 상태로 세 시간을 넘게 앉아 있고 나서야 시계를 볼 생각을 했고, 그 뒤로도 혼자만의 시간을 갖고 싶을 때는 종종 이곳을 찾았다.

정말 오랜만에 찾은 한강이었지만 내 기억 속에 남아 있는 모습과 거의 다르지 않았다. 물론 전보다 한강

주변은 세련되어지고 공원이란 단어가 어울릴 만큼 좋은 공간이 되었지만 서울시에서 내가 앉던 벤치에는 큰 투자를 하지 않은 모양이었다. 난 근처 편의점으로 가서 빵과 함께 마실 음료수를 하나 샀다. 차라리 아까 그 베이커리 가게에서 우유를 살 걸 그랬나 할 정도로 유리병에 든 비싼 커피를 사고 말았지만, 돈이 아까워 유람선을 포기했던 때와는 달리 지금은 경제적으로 여유가 있기 때문에 별로 아까워하지 않고 계산을 할 수 있었다.

빵 두 개, 커피 하나를 들고, 내가 자주 앉던 벤치로 갔다. 오늘도 다행히 앉아 있는 사람은 없었고, 난 항상 그랬듯이 벤치의 약간 오른쪽에 자리를 잡고 앉았다. 빵이 든 봉지를 옆에 내려놓고, 달달한 커피와 함께 빵을 먹는 동안에는 별생각을 하지 못했다. 항상 똑같은 일상을 보내던 내가 회사를 그만두고 조조 영화를 보고 한강까지 오게 됐으니 배고플 틈이 없을 만도 했지만, 아침부터 아무것도 못 먹었으니 배가 고프긴 한 모양이었다. 빵을 하나 더 살 걸 그랬나 싶었지만 이제 직장도 없는 내가 배불리 먹는 것도 약간 사치가 아닐까 하는 생각이 들어 추가 구매는 참을 수 있었다.

천 원짜리 빵 하나에 사치라는 생각이 든 내가 어이가 없어 피식 웃음이 났다. 정말 오랜만의 웃음이다. 참 말도 많고, 웃음도 많은 나였는데 어이없어서 웃는 웃음조차 오랜만이라니… 언제부터 변한 걸까? 무엇이 날 이렇게 변하게 만들었을까? 항상 내 주위에 있던 친구들은 다들 어디에 간 걸까? 나는 원래 어떤 사람이었을까? 내가 하고 싶던 일은 무엇이었을까? 허기가 없어지니 이제 생각이 많아졌다.

하긴 이런 생각을 마음 놓고 해보기 위해 이곳을 찾은 것이었는데 그것도 잠깐 잊고 있었다. 나에게는 이제 정말 많은 시간이 주어졌다. 아무 일 없이 집에서 잠만 자며 시간을 보낼 수도 있고, 극장에서 요즘 상영하고 있는 모든 영화를 볼 수도 있다. 전국을 돌아다니며 전국일주를 해볼 수도 있다. 내 통장에는 한 1년을 그렇게 살아도 괜찮을 만큼의 돈도 있다. 하지만 이런 것들은 내 평생 동안 충분히 해볼 수 있는 것들이기 때문에 당장 급한 것부터 해야겠다.

과연 나는 어떤 사람이었을까? 어떤 사람이었는지 기억해 내고, 예전의 내 모습을 찾아야 지금의 내가 얼마나 변했는지 가늠할 수 있을 것이다. 그럼 나도 잘 기억하지 못하는 나의 모습은 어떻게 찾을 수 있을까? 나를 잘 아는, 잘 알았던 사람들이 필요하다. 친구들. 그래, 친구들을 찾아보자. 몇 년째 친구들과도 연락하고 살지는 않았지만, 다들 결혼할 때는 축의금 내고 밥 먹고 가라고 연락들을 하지 않았는가? 난 항상 혼자 갔거나 돈만 보냈으니 내 밥값은 내 축의금보다는 충분히 적었을 것이고, 나는 오늘과 같이 내 개인적인 이유로 불러낼 자격이 있다고 생각한다.

음… 이제까지 곰곰이 생각하자니, 그래도 '친구'라는 이름으로 부를 수 있는 사람들한테 이렇게 계산적이고 싶지는 않다. 그냥 오랜만에 보고 싶다는 것이 오히려 내 솔직한 심정에 더 가까울 것이다. 다들 어떻게 지내고 있을까? 날 반가워는 할까? 학창 시절 친구들이 몇 명 생각났지만 가장 궁금한 친구부터 찾아봐야겠다.

Day 2:
친구

오늘도 여섯 시쯤 눈을 떴다. 난 항상 같은 시간에 자고, 같은 시간에 일어났고, 낮에 피곤할 만한 일을 한 적이 거의 없기 때문에 아침에 알람 소리를 듣고 짜증을 내는 경우는 없었다. 오히려 조금 먼저 깨서 알람이 언제 울릴까 기다리는 편이었다. 아직 알람은 울리지 않았고, 창밖은 아직도 어두웠고, 시계는 보지 않았지만 몇 분 후면 알람이 울려서 여섯 시 오 분임을 알려줄 것이다. 나는 알람이 울려야 하루를 시작한다. 울리기 전까지는 절대 침대에서 일어나지 않는다.

그런데 난 어제 회사를 그만두지 않았던가… 어제 일이 스치듯 머릿속을 지나갔다. 사람 많은 지하철을 타고, 영화도 보고, 한강도 갔었다. 너무도 큰 결정을 내렸고, 10년의 내 회사 생활을 한순간에 끝내버린 것이다. 갑자기 겁이 났다. 무직이 됐다는 무서움 때문에 드는 겁이 아니라 혹시 이게 다 꿈은 아니었을까, 오늘 다시 전처럼 출근해야 하는 게 아닐까 하는 걱정이었다.

오늘이 며칠인지 핸드폰을 볼까 했지만 사실 난 어제가 며칠이었는지도 잘 기억나지 않으니 날짜를 확인해봐야 판단 아무 도움이 되지 못할 것이다. 그때 내 눈에는 탁자 위에 맥주 캔 하나가 보였다. 어제저녁 집에 사 들고 들어왔던 맥주 캔이었다. 사실 난 몇 년째 술을 한잔도 마시지 않았다. 술을 끊었다기보다는 술을 마실 일이 없었기 때문이었다. 몇 년 전부터 의미 없는 회식에 한두 번 빠지기 시작했고, 요즘은 아예 회식 자리에 날 부르지도 않는다. 어차피 난 안 갈 사람이니 물어보는 사람이나 핑계를 대야 하는 나나 서로 피곤하기 때문에 이젠 나에게 물어보지도 않았던 것 같다.

난 어제 한강에서 몇 시간을 보내고, 집에 오는 길에 편의점에서 과자 한 봉지와 맥주 두 캔을 사 왔고, 그 과자와 맥주를 마시며 TV를 보다가 잠이 들었는데 그 맥주캔을 보니 어제 일들이 확실히 꿈은 아니었구나 확인할 수 있었다. 그렇다면 어제 내가 더 이상 필요 없을 알람을 꺼 버렸으니 오늘 아침 여섯 시 오 분에는 알람이 울리지 않을 것이다. 침대 옆 탁자에 있는 핸드폰 버튼을 눌러보니 이미 여섯 시 십 분이었다. 그래, 난 어제 회사를 그만뒀고, 오늘부터는 늦잠도 자도 된다. 이미 잠은 깼지만 조금 더 자보기로 하고 억지로 잠을 청해봤다.

오랜만에 창밖이 밝아진 후에야 잠에서 깼다. 잠이 안 올까 걱정했는데 시계를 보니 두 시간은 더 잔 모양이다. 오늘은 천천히 아침을 먹고 점심쯤 나가서 구미에 갈 계획이다. 나는 나를 잘 알고 있을 것 같은 친구가 보고 싶었고, 가장 먼저 떠오른 친구는 내 고등학교 시절 거의 붙어 다녔던 김민제였다. 취직 후에는 거의 친구들과 연락을 하지 않고 지냈었는데, 가끔 연락해 오는 친구들은 결혼을 하는 친구들이었다. 하지만 나와 가장 친했던 이 친구는 아직도 나에게 결혼식 초대를 안 한 걸 보니 내 친구들 중에서 유일하게 나와 같은 미혼인 것 같다.

어제 친구라는 이름으로 부를 수 있는 사람의 연락처를 찾기 위해 핸드폰을 봤을 때 가장 먼저 생각나는 이름이 바로 민제였다. 연락을 안 한지, 특히 내가 먼저 연락을 한 것은 정말 몇 년이 됐기 때문에 통화 버튼을 누르기가 겁이 났지만, 용기를 내서 전화를 걸었다. 지금 어디서 살고 있을까? 무슨 일을 하고 있을까? 전화를 받으면 뭐라고 할까? 잠깐 고민을 하는 사이에 통화 연결음이 두 번 흘러나왔고, 곧바로 익숙한 목소리가 내 걱정을 없애줬다.

　　"야! 김민형~ 얼마 만이냐?"

　　목소리만 들어도 편한 사람. 몇 년 만에 연락을 했는데도 한순간도 고민하지 않고 반갑게 전화를 받아주는 사람. 바로 친구이기 때문에 가능한 게 아닐까? 나에게도 이런 친구가 아직 있다는 게 갑자기 너무 고마워 눈물이 날 뻔했다.

　　"반갑기는 하냐? 연락도 안 하더니. 뭐하냐?"

　　"뭐하긴, 일하지. 넌 뭐하냐? 서울이냐?"

　　고향 친구들은 내가 경기도에 산다고 몇 번을 말해

도 항상 기억을 못 했는데, 얘도 내가 서울에서 사는 것으로 알고 있는 모양이었다.

"내가 몇 번을 말하냐? 난 서울이 아니라 안양에서 산다니까."

"안양이나 서울이나 다 거기서 거기더만."

"넌 어디냐? 고향에서 못 벗어났나?"

"벗어났지~ 나 구미에 있어~."

몇 년 전 구미에서 일한다는 얘기를 들은 기억이 났다.

"어차피 경상도구만. 벗어나긴 무슨. 아무튼 내가 갈 테니까 한번 보자."

"그래? 좋지. 언제 올래?"

"내일 오후에 갈게. 시간 되지?"

가까이 있으면 당장 볼까도 했지만, 구미 정도면 오늘은 안될 것 같았다.

"그럼, 그럼. 네가 온다는데 시간을 만들어서라도 내야지~."

"그래 내일 오후에 갈 테니까 문자로 주소나 보내줘~."

"그래~ 금방 보내줄게~. 내일 꼭 보자~."

구미까지 가는 기차를 탈 수도 있지만 정확한 시간 약속을 잡지도 않았고, 어차피 일하고 있을 텐데 일찍 가야 할 이유도 없었기 때문에 나는 천천히 시외버스를 타기로 했다. 시간은 어느덧 아침 아홉 시가 다 되어 가고 있었다. 이틀 전만 해도 이 시간에 사무실 자리에 앉아 모니터나 보고 있었을 텐데 난 지금 거실에서 시리얼을 먹으며 텔레비전을 보고 있다.

난 사실 내 텔레비전에서 이렇게 많은 채널이 있는지도 몰랐다. 항상 저녁에 잠들기 전 버릇처럼 틀어놓던 텔레비전이었는데 백 개 넘는 채널에서 끊임없이 방송을 하고 있었다. 관심 있게 보다 보니 정말 시간 가는 줄 모르고 한 시간이 훌쩍 지나가 버렸다. 계속 보고 싶었지만 슬슬 나갈 준비도 해야 할 시간이고, 앞으로는 이럴 시간이 넘쳐날 테니 큰 아쉬움 없이 일어날 수 있었다.

오후 네 시가 다 되어서야 난 구미 터미널에 도착할 수 있었다. 오랜만에 장거리 이동을 한 느낌이었다. 대학교 시절 방학 때나 몇 년 전에는 명절 때 집에 가기 위해 버스나 기차를 타고 수원에서 부산까지 자주는 아니어도 일 년에 한두 번은 오랫동안 차를 탔었는데 요즘은 이렇게 길게 탈 일이 없었다. 그래서 그런지 버스에서 내렸더니 내 왼쪽 무릎이 시큰거렸다. 이럴 나이는 아닌데 버스에 내리자마자 한쪽 다리를 저는 내 모습이 너무 부끄러웠다.

나와 같이 버스를 타고 온 사람들 대부분이 나보다 나이가 훨씬 많은 분들이었는데 걸음이 불편해 보이는 사람은 나뿐이었다. 키가 아주 작은 할머니 한 분도 버스에서 뛰어내리다시피 하며 내리셔서도 큰 짐을 들고 내 앞을 빠르게 지나가고 있으신데 이제 삼십 대 중반인 멀쩡한 남자가 다리를 절고 있다니…. 사실 내가 버스 안에서 앉은 자리에도 문제가 있긴 했다. 내가 매일 타던 통근버스는 사실 맨 앞자리가 제일 편했다. 다른 자리에 비해 다리 공간이 조금 더 넓고, 앞에 의자가 없으니 시야도 좋은 편이었다. 하지만 통근버스에서 맨 앞에 앉았다가는 아는 사람과 눈을 마주칠까 봐, 아니면 내가 자는 모습을 아는 사람이 보고 이런저런 소리를 할까 봐 나는 항상 중간쯤 아무도 나를 신경 쓰지 않을 만한 자리에 앉았던 것이다.

하지만 오늘 나의 버스 탑승 목적은 조용한 출근이 아닌 옛친구를 만나는 즐거운 여행길이었기 때문에 나는 매표원에게 맨 앞자리로 달라고 했는데, 내 계획과는 달리 나는 입구 바로 앞의 맨 앞자리가 아닌, 운전기사 뒷자리에 앉게 된 것이다. 그 자리는 운전석 칸막이 때문에 시야는 훨씬 좋지 않았고, 앞의 의자가 없다 보니 발을 집어넣을 수 있는 의자 밑 공간도 없었기 때문에 내 발은 내 무릎보다 더 나아가지 못한 상태로 네 시간을 버텨야 했다.

최대한 자연스럽게 걸어서 가장 가까운 대합실 자리에 앉아서 다리를 좀 주물렀다. 물론 자리 탓도 있겠지만 가장 큰 원인은 운동 부족이었을 것이다. 학교 때는 대부분의 남학생이 그러했듯이 농구, 축구, 탁구, 야구 등등 공 하나만 가지고 정말 잘 뛰어다녔었다.

운동 신경이 엄청 좋았던 것은 아니지만 대부분의 운동을 반대표로 나갈 정도의 실력은 됐었다. 키도 큰 편이었고, 달리기도 꽤 빠른 편이었기 때문에 어떤 종목 시합이 있을 때는 내 이름이 가장 먼저 나온 적은 없지만, 출전 명단에서 빠진 적도 거의 없었다. 대학교까지만 해도 과 대표 농구 시합도 나가고, 정말 운동을 많이 했었는데, 회사에 들어가고 나서는 많이 바뀌었다.

우리 회사, 아니 전에 다니던 회사에는 '체력증진실'이란 희한한 이름으로 조그만 헬스장이 있긴 했지만, 운동기구 몇 개가 전부였고, 가장 큰 문제는 그 시설을 이용하는 사람들은 대부분 부장 이상의 높은 분들이라는 점이다. 몇 년 전 입사한 지 얼마 되지 않은 신입 사원이 점심시간에 운동하러 갔다가 어떤 부장에게 '자네는 여유가 좀 있나 보네?'라는 말을 들었다는 소문이 돌고부터는 아무도 그 근처에 얼씬도 하지 않게 되었다.

그러다 보니 회사에서 운동을 한다는 것은 거의 불가능했고, 고작 회사 사람들과 운동하는 기회는 야유회를 갔을 때 전날 술 엄청 마신 사람들과의 아침 족구 정도, 아니면 등산… 그게 다였다. 직장 생활 초반에는 퇴근 후 개인적으로 헬스클럽을 다니는 것도 시도해 보고,

출근 전 수영을 다니는 것도 시도해봤지만 운동이 피곤했던지 근무 시간에 한 번 졸다가 걸린 이후로는 운동을 그만두게 되었다.

생각해 보니 그때 날 깨우고 공개적으로 망신을 줬던 사람이 당시 성기준 대리, 지금의 성 차장이다. 그때부터 지금까지 참 날 지겹게 괴롭혀온 사람이었다. 어차피 이렇게 그만둘 회사였으면 그 못생긴 얼굴에 사직서를 던지고 나왔어야 했는데 하는 생각이 잠깐 들었다. 하지만 이내 그 사람은 어차피 내 퇴사를 승인하거나 반려하고 그럴 권한도 없으며, 그저 나보다 몇 년 앞서 입사한 선배 정도밖에 되지 않는 사람이니 그럴 수도 없었겠다는 생각도 함께 들었다.

난 대합실 자리에 앉아서 앞에 있는 거울에 비친 내 모습을 볼 수 있었다. 그렇게 운동을 안 했던 것에 비하면 몸 관리가 엉망은 아니었던 모양이다. 물론 얼굴은 운동을 좋아하던 때의 나보다는 확실히 늙었고, 무릎은 장시간 버스 여행도 버티지 못할 정도이고, 다른 관절이나, 다른 근육들도 마찬가지 상태일 테다. 하지만 겉으로만 보기에는 흔한 중년 남성들처럼 복부비만에 팔다리가 얇아 보인다거나 하진 않으니 이 정도면 괜찮다는 생각을 하며 나도 모르게 잘난 척하는 웃음을 지어봤다.

이제는 다리도 괜찮아진 것 같으니 슬슬 친구를 만나러 가봐야겠다. 어제 보내준 주소를 보면 민제는 카센터에서 일을 하는 것 같았다. 우리 나이에 가게를 운영할 나이는 아닌 것 같고, 그렇다고 거기서 서무나 잡일을 하고 있을 나이도 아니니, 경력 좀 있고, 실력도 있지만, 새로운 기술이 적용된 신차가 들어오면 좀 짜증을 낼 만한 그런 정비사 정도가 아닐까 상상해봤다.

민제가 일하는 모습을 보고 싶기도 하고, 민제도 내게 그런 모습을 보여주기 위해 나를 카센터로 오라고 했을 수도 있지만, 아무리 같이 오래 일했어도 부하직원이 친구가 찾아왔다고 일 안 하고 떠들고 있으면 좋아할 사장은 없을 테니 찾아가지 않는 게 좋겠다는 생각이 들었다. 그리고 버스에서 내리기 전에 스마트폰 지도로 버스 터미널과 카센터 위치를 확인해 봤지만 걸어가기에는 조금 먼 거리였다. 택시를 타기에는 아무리 여유가 있어도 돈이 조금 아까웠고, 처음 와보는 도시에서 대중교통을 찾아서 타는 것도 사실 조금 귀찮기도 했다. 그냥 여기서 편하게 앉아서 날 데리러 오라고 하는 편이 좋을 것 같았다. 나는 곧바로 핸드폰을 열어 민제한테 전화를 했다. 바로 어제는 민제에게 전화할 때 무슨 말을 해야 할까 걱정을 했었는데, 이젠 고민도 없이 날 모시러 오라고 뻔뻔하게 전화를 하고 있다니 친구는 이래서 좋은가 보다. 오늘도 금방 전화를 받는 민제였다.

"여보세요?"

"넌 일도 안 하냐? 뭘 이렇게 빨리 받아?"

"네 전화 기다렸지. 어디야? 왔어?"

"버스터미널 내렸는데 귀찮아서 너 있는 데까지 못 가겠어. 나 좀 모시러 와라."

"안 그래도 너 오면 곧바로 나가려고 준비 다 해놨는데, 지금 터미널로 갈게."

"너 그렇게 막 나와도 되냐? 일 끝나고 나와도 되니까 천천히 와."

"아냐 아냐, 15분 정도 걸릴 것 같으니까 터미널 앞에

택시승강장 앞쪽에 나와 있어라. 아니다. 차 막힐 수도 있으니까 도착할 때쯤 내가 전화할게."

"그래, 천천히 와."

얘가 이렇게 착한 애였나? 이렇게 쉽게 데리러 온다니까 괜히 미안해졌다. 가장 먼저 떠오른 친구여서 어제 연락하고 오늘 여기까지 왔지만, 민제에 대한 자세한 생각은 해보지 않았다. 고등학교 때 꽤 친했고, 몇 학년 때인지는 확실히 기억이 나지는 않지만, 한동안 짝도 해서 같이 도시락도 먹고 그랬던 기억은 있다. 누구보다 열심히 공부를 했었는데, 그에 비해 공부는 참 못했던 기억도 있다. 키는 작은 편이었고, 머리는 학교 기준보다 훨씬 짧은 스포츠머리, 키가 많이 클 줄 알고 큰 교복을 맞춰 주신 어머님 때문에 3년 내내 몸에 비해 너무 큰 교복을 입고 다녔던 기억도 있다.

물론 지금도 맞지 않는 큰 옷을 입었을 리도 없고, 스포츠머리를 하고 있을 리도 없을 텐데 알아볼 수나 있을지 모르겠다. 하긴 민제도 날 알아볼 수 있을지 모르겠다. 거의 십 년은 못 본 것이 확실한데 서로 금방 알아보는 것도 신기한 일일 테고. 그런데 정말 친했던 친구끼리 못 알아보고, 모르는 사람끼리 중고 직거래하듯이 전화를 하면서 만나는 것도 참 어색한 일일 것이다.

이런저런 생각을 하고 있을 때, 익숙한 목소리로 내 이름을 부르는 소리가 들렸다.

"김민형!"

소리가 난 곳으로 몸을 살짝 돌려 쳐다봤고, 그곳에는 환한 미소로 서 있는 나이 든 아저씨 한 명이 있었다. 민제였다. 분명 내가 기억하는 그 작고 귀여운 고등학생은 아니었지만 단번에 민제라는 것을 알 수 있었다.

"야!"

너무 놀라기도 했고, 너무 반갑기도 해서 만약 민제가 먼저 손을 내밀지 않았다면 보는 사람 많은 대합실에서 남자를 안아버릴 뻔했다. 30대 중반을 넘긴 나이에 오랜만에 사람들을 만나면 대부분 악수를 하며 잘 지냈는지, 가족들은 다 건강한지 등등 그냥 어른다운 인사말을 주고받는다.

그런데 아무리 나이가 들었어도, 학교를 졸업한 지

20년이 다 되어가도 학창 시절 친구를 만나면 그 나이 때로 돌아가게 되나 보다. 이 나이에, 한 회사에서 과장이란 직급을 며칠 전까지 가졌던 나에게 누가 보자마자 욕을 하겠는가.

"이 새끼, 얼마 만이냐?"

"야, 인마, 새끼라니~. 이걸 확!"

나도 모르게 악수를 하고 있지 않은 왼손으로 한 대치는 시늉을 했다. 만나기 전에는 학교 다닐 때의 기억도 잘 나지 않고, 그래서 어색하면 어쩌나 걱정도 했었는데, 내 몸이 기억하는 건지 손이 먼저 올라갔다. 맞다. 그 당시 민제는 나보다 훨씬 키가 작았고, 거의 내가 데리고 다니던 동생 같은 친구였다. 지금은 전보다 살도 찌고, 머리도 약간 벗어져서 거의 40대로 보이는 외모를 하고 있지만 나에게는 아직도 20여 년 전 그 꼬맹이 민제인 것이다.

"밥은 먹었냐?"

"휴게소에서 빵 하나 먹었지, 멀리 왔는데 뭐 맛있는 것 좀 대접해봐."

이 뻔뻔함. 친구니까 가능한 걸까? 난 누구에게 빚지고, 얻어먹고, 뭐 이런 걸 참 싫어하는 줄 알고 있었다. 회사에서 누가 간식 같은 걸 하나 사줘도 괜히 얻어먹는 게 싫고, 그걸 먹으면 언젠가는 내가 다시 사줘야 할 것 같아서 절대 받지도, 주지도 않았던 나였었다. 그런데 그렇게 살아온 내 십 년이 무색하게 이 친구한테는 보자마자 밥을 사달라니.

어떤 게 내 진짜 모습인지는 모르겠다. 나는 기억하지 못하는 내 모습, 내 친구들이 기억하는 나의 모습을 찾기 위해 이곳까지 왔지만 당분간은, 아니 적어도 오늘 저녁만큼은 이런 복잡한 생각들은 하지 말고, 편하게 이 친구와 놀아야겠다는 생각이 들었다. 사실 생각이란 걸 할 틈이 없을 정도로 민제는 내 옆에서 계속 떠들고 있었다.

대합실에서 나와 주차장으로 걸어가면서 번쩍번쩍 세차가 잘된 중형 승용차에 가까워지자 "삑삑"소리가 났다. 민제 차인 모양이다. 난 차에 관해서는 관심도 별로 없고, 잘 알지도 못하지만, 저 마크는 알 수 있었다. 아우디였다. 보통 남자들처럼 차에 대해 좀 관심이 있었다면 뒤에 써 있던 차종으로 대략적인 가격을 알 수 있었겠지만, 나에겐 그냥 비싼 외제차였다. 차를 보고 잠깐이나마 부러움을 느꼈지만 민제한테는 좋게 말이 나가지 않았다.

"너 돈 잘 버나 보다? 어딜 건방지게 외제차를…"

난 왜 민제한테는 이렇게 손이 올라가는지 모르겠다. 아무리 기억해봐도 내가 누굴 때리고 다녔던 적은 없는 것 같은데 애한테는 왜 이러는지 모르겠다. 아무튼 나는 난생처음으로 친구 덕분에 외제차를 타보는 경험을 하게 됐고, 외장만큼이나 신기한 실내 디자인에 잠깐 감탄하며 민제에게 물어봤다.

"나 뭐 사줄 거야? 배고파~."

"너 오면 같이 갈려고 생각한 데가 있지."

"어딘데? 비싼 데냐?"

"아니, 부대찌개. 너 하면 부대찌개가 생각나더라고."

나도 모르게 웃음이 났다. 사실 난 요즘은 부대찌개를 먹지 않는다. 혼자 먹기에는 분식점 정도가 적당하지, 부대찌개 같은 음식을 파는 식당은 혼자 들어가서 주문을 하기에는 좀 부담스러운 곳이기 때문이다. 대학교 때는 친구들과 학교 앞 부대찌개 가게에서 자주 먹었던 기억이 있지만 고등학교 때는 잘 기억이 나지 않았는데 나를 생각하면 부대찌개가 생각났다고 하니 그때도 난 부대찌개를 꽤 좋아했었나 보다.

"너 라면 약간 덜 익은 거 좋아했었잖아. 아직도 그러냐?"

"너 어떻게 그런 것도 기억하냐?"

"맨날 부대찌개에 라면 넣으면 익기도 전에 네가 맨날 다 먹어서 우린 거의 못 먹었었잖냐."

사실 난 아직도 집에서 혼자 라면을 먹을 때는 약간 덜 익힌 상태로 먹기 시작해서 다 먹을 때쯤이면 남들이 가장 적당하다고 느낄 법한 익힘 정도의 라면을 먹게 된다. 퍼지고 불어버린 면을 싫어해서 그런 건데, 내 식성을 기억하는 사람이 있다니 참 신기했다.

얼마 가지 않아서 어떤 부대찌개 식당에 도착했고, 그곳에서 난 민제와 마주 앉아 밥을 먹으면서 민제가 살아온 얘기를 들을 수 있었다. 사실 난 모든 얘기를 집중해서 들은 것은 아니지만 어느 정도 중요한 사건들은 대부분 들은 것 같았다. 내 기억대로 민제는 고등학교 때 공부를 별로 못했었기 때문에 내가 이름도 처음 들어본 대학교에 입학을 했었고, 한 학기만 마치고 군대에 다녀왔고, 다녀와서 그때부터 아버지가 일하시던 자동차 정비소에서 일을 배우면서 자격증도 몇 개 땄다고 한다.

그러다 몇 년 전 아버지로부터 독립해서 구미에 가게를 하나 차렸다고 한다. 외제차 전문 정비소로 가게를 오픈했는데 구미에 공장이 많아서 그런지 돈 많은 사람들이 생각보다 많아서 장사가 꽤 잘된다고 했다. 지금 밑에 정비사만 세 명을 두고 있고, 자기는 단골손님 차 정도만 직접 정비하고 거의 가게 관리만 한다고 했다. 벌써 사장이라니. 얘기를 듣다 보니 외제차를 끌고 다니는 게 그렇게 사치스러운 것은 아닌 것 같았다.

"그나저나 넌 어떻게 지내냐? 너 좋은 대학 가서 대기업 취직한 거는 고향에서 유명한 얘기고. 결혼은 했어?"

"난 그냥 뭐 회사 다니지. 결혼은 안 했고."

이 말을 하면서 나 자신이 참 한심하게 느껴졌다. 민제는 고등학교 졸업 후 17년 동안의 일을 30분 넘게 얘기할 수 있을 정도로 할 얘기가 많았는데, 난 그냥 한마디 정도밖에 할 말이 없는 것이다. 민제 말대로 고등학교 때 거의 전교 10등 안에는 항상 들 정도로 공부도 잘했었고, 서울 명문대를 졸업하고, 대기업에 입사해서 10년 동안 승진도 한번 누락된 적 없이 잘 다니고 있었으니 남들이 다들 부러워할 만한 엘리트 코스로 살아왔다고 해도 과언은 아닐 것이다. 그런데 오랜만에 만난 친구에게 십몇 년 동안 살아온 날에 대해서 이렇게 할 말이 없을까?

대학교 때도 친구들과 잘 어울리긴 했지만, 학점도 항상 중간 이상은 했었고, 취직도 여러 번 면접에서 탈락하기는 했지만, 졸업 후 곧바로 취업을 해서 며칠 전까지 큰 사고 안 치고 열심히 일했었다. 입사 초기 몇 년 동안은 일 잘한다는 소리를 듣고 싶어서 남들보다 더 열심히 더 오래 일했고, 야근뿐만 아니라 주말 특근도 마다하지 않고 열심히 일했었다. 그렇게 일에 집중하다 보니 당연히 여자 만날 시간은 없었다. 가끔 회사 사람들로부터 들어오는 소개팅도 몇 번 했었지만, 처음 보는 여자에게 밥 한 끼 사주면서 어색하게 몇 시간을 앉아 있어야 하는 일은 나에게 너무 무의미한 시간으로 여겨져서 대부분 거절하다시피 했다. 그러니 결혼은 꿈도 꾸지 못했던 것이다.

그렇게 몇 년을 일하다 보니 회사에서는 인정도 많이 받았지만, 점점 혼자 일하는 시간이 늘어갔다. 어느새 회사 일은 수단이 아니라 목적이 되어 가고 있었고, 내가 무슨 일을 하고 있는지, 어떻게 해야 하는지, 점점 생각 없이 버릇처럼 일을 하게 되었다. 그러다 보니 최근 몇 년 동안은 회사에서 무슨 일이 있었는지 기억조차 나지 않으며, 회사 일 말고는 집에서 쉬는 게 전부인 나에게 최근 몇 년간은 출퇴근 말고는 전혀 기억나는 일이 없게 된 것이다.

30분 동안 자기 얘기만 하다가 나에게 처음으로 질문을 했는데 내가 너무나도 간단하게 대답을 하니 민제도 당황한 모양이었다. 우리 둘이 만난 지 한 시간 만에

처음으로 어색한 순간이 찾아온 것이다. 어찌 보면 어색
해진 건 내 잘못이니 미안한 마음이 들어 내가 곧바로
질문을 했다.

"넌 돈도 잘 벌고 그러는데 왜 아직 결혼을 안 했냐?"

"나? 그러게. 해야지 해야지 하는데 잘 안되네."

네 얼굴 때문인가 보다고 놀리고 싶었지만 아무리 편
한 친구라도 오랜만에 만나서 얼굴 지적까지 하기에는
너무한 것 같아 꾹 참았다. 사실 민제가 인상이 좋은 편
은 아니었다. 어렸을 때는 키도 작고 통통해서 귀여운
이미지라도 있었는데, 이제는 키는 그대로면서 뚱뚱해지
다 보니 귀엽기보다는 그냥 아저씨 느낌만 들었다. 그나
마 웃을 때는 어렸을 때 얼굴이 조금은 남아 있어서 나
같이 어렸을 때 얼굴을 기억하는 동창들에게나 봐줄 만
한 얼굴인 것이다. 외아들이어서 가뜩이나 집에서 결혼
하라는 잔소리를 많이 듣고 있을 친구에게 다시는 결혼
얘기는 하지 말아야겠다고 생각했다.

이런저런 얘기를 하는 동안 어느새 부대찌개는 바닥
을 보이고 있었다. 다음에는 어디를 갈지 생각은 못 했

지만 내가 먼저 '그만 나갈까?' 물어봤고, 민제도 이에 동의했다. 나는 민제보다 먼저 계산서를 집어 들고 계산대로 향했다. 민제는 자기가 낸다고 했고, 나도 당연히 민제가 사주는 것으로 생각하고 이 가게에 들어왔지만 밥을 먹는 동안 그 생각이 바뀌었었다. 민제는 고맙게도 라면을 한 젓가락도 먹지 않고 나에게 모두 양보해줬고, 민제가 좋아하는지 싫어하는지도 모르는 부대찌개를 정말 오랜만에 너무 맛있게 먹었는데 당연히 내가 내야겠다는 생각이 들었기 때문이다.

가게에서 나오자 민제는 나에게 너무 잘 먹었다고 인사를 했다. 사실 이런 데를 데려와줘서 내가 더 고맙다는 말을 하고 싶었지만, 남자끼리 그런 말 하는 건 여전히 나에게는 어려운 일이다. 특히 이 꼬맹이 민제에게는 말이다.

"이제 어디 갈까?"

사실 난 네 시간 넘게 걸려서 이곳에 왔고, 다시 안양으로 가는 버스는 몇 시가 막차인지도 모르는 상태였다. 그렇다고 이곳에서 내가 아는 사람이라고는 민제밖에

없는데 당장 오늘 밤에 잘 곳도 정해지지 않은 상태였
다. 나는 원래 집이 아닌 곳에서 자는 것을 싫어해서 회
사 야유회나 워크숍 등 1박 2일 행사가 있어도 별의별 핑
계를 대며 빠지곤 했었다. 하지만 오늘은 찜질방에서 자
는 것도 괜찮다는 생각이 들 정도로 이 자리를 빨리 끝
내고 싶지는 않았다.

"2차도 준비해놨지. 오랜만에 술이나 한잔하러 가자.
술 마셔도 괜찮지?"

"그럼. 근데 오랜만이라니? 우리 술 처음 먹는 거야."

고등학교 졸업 후 가끔 연락은 했었고, 친구 결혼식
같은 자리에서 가끔 본 적도 있지만 정말 잠깐씩 본 게
전부였으니 이렇게 술을 마시게 되는 건 처음 있는 일이
었다. 지금은 아예 마시지를 않게 됐지만, 예전부터 술
을 즐긴 적은 없었기에 웬만하면 술자리를 피하고, 절대
먼저 술을 마시자고 해본 적이 없는 나였지만 오늘만큼
은 술 한잔 해도 괜찮겠다는 생각이 들어서 순순히 민
제 차를 타고 어딘지도 모르는 2차 장소로 향했다.

20분 정도 걸려서 도착한 곳은 예상했던 것과는 달리 조용한 주택가였다. 시끌벅적한 시내 번화가 정도에 데려가서 근사한 술 한잔 사주는가보다, 했더니 2~3층 정도 되는 빌라들만 가득한 좁은 골목길로 차를 끌고 들어오는 것이었다. 저녁 일곱 시가 넘어서다 보니 이미 주차해 놓은 차들도 꽤 있어서 혹시나 이 비싼 차가 어디 긁히지나 않을까 내가 더 가슴을 졸여야 할 정도였다.

"근데 어디 가는 거야?"

"응, 집에 차 대놓고 가려고. 오늘 우리 집에서 자고 갈 거지?"

"침대에서 재워주면 자고 가고."

안 그래도 해가 져가면서 오늘 어떻게 해야 하나 조금씩 걱정이 되기는 했었는데, 민제가 먼저 얘기를 해주니 정말 다행이라고 생각이 들었다. 그래도 남자끼리, 그것도 친구끼리 고맙다는 말은 차마 입에서 나오지를 않았다.

차를 주차해놓고, 어둑어둑해진 골목길을 10분 정도 걸어 나오니 시끌벅적한 시내가 나왔다. 원래 시끄러운 것을 싫어하다 보니 이런 거리를 지나는 것이 그렇게 좋지만은 않았지만, 다행히도 거리는 그렇게 길지 않았다. 민제가 들어가자고 한 가게도 이 거리를 벗어난 곳에 있는 상가 건물 1층에 있는 조용한 일식집이었다. 우리는 이미 배가 불렀기 때문에 안주는 많이 시키지 않고, 소주를 한두 잔씩 마시며 옛날이야기를 계속 나눴다. 고2 때 같은 반이 되어서 친해지고, 고3 때까지 같은 반이었으니 2년 동안 붙어서 다녔었는데 약 20년이 다 된 지금까지도 민제는 참 많은 일을 기억하고 있었다. 오히려 거의 기억하지 못하는 내가 미안할 정도였다. 한 시간쯤 지났을 때 반가운 얼굴 두 명이 가게로 들어섰다.

"야~ 김민형!"

두 명 모두 고등학교 동창이라는 것은 확실했지만 역시 이름이 전혀 생각나지 않았다. 하지만 반가운 얼굴에 나도 자리에서 일어나 반갑게 웃으며 악수를 했지만 이름을 모르니 아무 말도 할 수 없었다.

"야! 너 우리 이름 생각 안 나서 그러지?"

이 친구들은 내 이름을 기억해주는데, 난 친구들 이

름을 한 글자도 기억 못하고 있는 것이 너무 미안했다.

"야, 미안하다. 얼굴은 기억나는데 이름이 기억이 안 나네…."

"웬일이냐? 김민형이 입에서 미안하단 말이 다 나오고."

"다들 그만하고 우선 앉아봐~."

민제의 말에 우선 우리는 다 같이 앉았고, 민제는 술 잔과 수저를 들고 자리를 옮겨 내 옆자리에 앉았다.

"야~ 너희들 형제 오랜만에 같이 앉아 있는 거 보네~."

형제? 맞다. 고2 때 같은 반이 됐을 때 민제와 나는 가나다 순으로 번호를 배정함에 따라 각각 13번, 14번 이 됐었다. 따라서 출석을 부를 때부터 시작해서 번호대 로 줄 설 때도 그렇고 여러모로 마주칠 일이 많았고, 자 연스럽게 친해졌다. 키나 성적이나 많은 면에서 우린 달 랐지만 내 기억에는 민제는 날 잘 쫓아다니면서 내 말을 참 잘 들어주던 친구였다.

그렇게 둘이 잘 붙어 다니자 친구들은 우리 둘이 꼭 형제 같다고 했다. 사실 그렇게 불리던 데는 우리 이름이 가장 큰 역할을 했었다. 내 이름의 '형'자는 물론 형, 동생 할 때의 그 한자는 아니다. 민제의 '제'자도 동생을 뜻하는 한자가 당연히 아니었다. 하지만 친구들 사이에 한자까지 써가며 아니라고 해명할 수도 없었고, 그러고 싶지도 않았다. 민제 입장에서는 동갑인 친구가 형 같다는 소리를 듣는 게 좋지 않았을 수도 있지만 내 입장에서는 내가 형으로 보이고, 동생이 하나 있다는 소리를 듣는 게 나쁜 일은 아니었기 때문이었다. 그렇게 고2, 고3을 잘 붙어서 지냈고, 2년 동안 형제라고 불렸던 것을 이 친구들이 기억을 하고 있는 것이었다. 그 둘이 고2 때 다 같이 같은 반이었던 동현이와 성진이었다는 것은 민제가 대화 중에 이름을 불러서 기억할 수 있었다.

우리 네 명은 자연스럽게 고등학교 얘기들을 하며 어색함 없이 또다시 18살 때로 돌아갈 수 있었다. 동현이, 성진이도 나보다 훨씬 많은 것들을 기억하고 있었다. 내가 굳이 물어보지 않아도 나에 대한, 내가 기억하지 못하는 얘기들을 해줬는데, 요약하면 난 참 말 많고, 공부도 잘했지만, 뻔뻔하고, 잘난 척이 심했다고 한다. 내 기억에도 내가 말이 많았고, 친구들이 항상 주위에 많았었고, 공부도 꽤 잘했었단 것은 알았는데 내가 기억하고 싶었던 것만 기억한 모양이었다.

내가 뻔뻔하고, 잘난 척이 심했었다니. 동현이 표현에 의하면 난 잘난 척하는 것을 꽤 즐겼다고 한다. 사실 내 기억과는 다르게 난 반에서 1등을 할 정도의 실력은 아니었다고 한다. 우리 반 반장이 항상 전교 1~2등을 다툴 정도의 실력이었고, 난 그보다는 못한 실력이었는데 수학 문제 같은 것이 이해가 안 가면 다들 반장보다는 날 찾아왔다고 한다. 반장(이름은 우리 넷 모두 끝내 기억해 내지 못했다)에게 찾아가면 바쁜 척을 하면서 잘 알려주지도 않고, 자기도 모르겠으니 선생님에게 물어보라고만 했었는데, 나한테 물어보면 어떻게 해서든지 문제를 풀어서 해결을 해줬다고 한다. 그게 내 성격이 착해서가 아니라 모른다는 말을 하기 싫어서, 문제를 풀어주고 나서 잘난 척을 하기 위해서였다고 한다.

물론 친구들 입장에서는 그 모습이 아주 약간 재수 없기도 했지만 물어보면 절대 모른 척을 하지 않고, 끝까지 도와주는 것이 더 고마웠었나 보다. 가끔은 정말 내가 모르는 것처럼 보여서 선생님께 물어본다고 해도 절대 봐주지도 않았다고 한다. 끝까지 풀 수 있다고 우기고, 절대 입에서 모른다는 말이 나오지 않았다고 한다. 그래서 처음 만나서 내가 이름이 기억 안 난다고 미안하다고 했을 때 성진이가 웬일이냐고 했던 모양이다.

"그럼 너희 때문에 내가 더 좋은 대학 못 간 거구만."

"야, 이 자식, 또 시작이다."

내가 농담 삼아 한 소리에 난 그때도 문제 다 풀어주고 나서 이렇게 얘기하곤 했단다. 내가 서울대 못 가면 다 너희 때문인 줄 알라고. 시간이 20년 가까이 흘렀고, 서로 다른 곳에서, 다른 일을 하면서 살아왔고, 나 또한 정말 많이 변했다고 생각했지만, 그렇게 변하기만 한 것은 아니었나 보다.

우린 두 시간 정도를 떠들고 나서야 고등학교 얘기에서 벗어날 수 있었다. 그렇게 늦은 시간은 아니지만 아홉 시가 넘자 이 친구들은 어떻게 집에 가는지, 아니 어디 사는지부터가 궁금해지기 시작한 것이다.

"근데 너넨 어디 살아? 너네도 구미로 왔어?"

"우린 아직 부산에 있지. 너 때문에 오늘 여기 온 거지."

동현이는 핸드폰 대리점 사장으로 있고, 성진이는 부부가 함께 빵집에서 일을 한다고 했다. 둘 다 아직 부산에 있는데 오늘 내가 온다는 연락을 받고, 동현이는 직원들에게, 성진이는 와이프에게 가게를 맡기고 왔다고 한다. 둘 다 결혼까지 하고, 애도 있다는데 나 때문에, 고등학교 졸업 후 연락도 한번 없던 친구를 보기 위해 여기까지 왔다는 것이었다. 너무 미안하기도 하고, 너무 고맙기도 했지만, 아직도 난 이런 표현이 어렵기만 하다.

"그나저나 너 핸드폰 언제 바꾼 거냐? 한 5년 된 거 같은데?"

동현이가 테이블에 놓여 있던 내 핸드폰을 보더니 물어봤다. 스마트폰이란 게 처음 나왔을 때 샀던 핸드폰이니 5년은 된 게 확실했다. 스마트폰으로 인터넷 검색이나 지도 정도 보는 나에게 이 핸드폰은 충분히 제 역할을 하고 있었는데 핸드폰 업계에 종사하는 동현이 입장에서는 신기해 보였나 보다. 동현이 말에 따르면 요즘 사람들은 아무리 오래 써도 2년이면 새 핸드폰으로 바꾼다고 하는데 난 5년을 썼으니 충분히 오래 쓴 모양이었다.

"언제 부산 안 오냐? 내가 싸게 해줄게, 이번 기회에 한 번 바꿔."

"그래, 여기까지 와줬는데 내가 그 정도 못 해주겠냐? 언제 갈까?"

직접 말은 못 했지만, 민제뿐만 아니라 직접 연락하지도 않은 동현이와 성진이가 참 고마웠던 참이었다. 내가 핸드폰을 바꾸는 게 사장인 동현이에게 얼마나 큰 이득을 줄지는 모르지만 그래도 조금이라도 보답을 해주고 싶어 선뜻 핸드폰을 바꾸기로 약속했다.

"그럼, 아예 이번 주말에 부산으로 와서 우리랑 농구나 하자."

옆에 있던 성진이가 한마디 했다. 나도 고등학교 때 꽤 농구를 좋아했었고, 졸업 후에도 가끔 고향에 내려오면 주말 아침 대학교 농구코트에서 같이 친구들과 농구를 했던 기억이 있는데, 이 친구들은 아예 정기 모임을 만들어서 한 달에 한 번 주말 아침 아홉 시에 만나 농구를 계속 하고 있었던 것이다. 이번 달 모임이 바로 이틀 뒤 토요일이었나보다.

"그래, 애들 많이 나오니까 친구들도 보고, 밥도 먹고, 핸드폰도 바꾸면 되겠네."

"내가 토요일까지 여기 있을지를 모르겠는데. 아무튼 가게 되면 연락할게."

당장 내일 갈 곳도 정해지지 않았는데, 토요일 약속을 섣불리 할 수는 없는 일이었다. 하지만 이제 시간은 많으니 언제든지 주말에 부산 정도는 갈 수 있고, 핸드폰 교체 약속은 반드시 지켜야겠다고 다짐했다.

"근데 넌 요즘 뭐하냐? 너 대학교 졸업하고, 대기업 들어간 것까진 들었는데."

"맞다. 근데 너 오늘 회사는 어떻게 하고 여기 와 있냐?"

만난 지 여섯 시간 만에 민제도 궁금해졌나 보다. 평일 오후에 지방에 와서 놀고 있고, 여기서 잠도 자고 간다는데 일반 직장인이 어떻게 그럴 수 있는지 이제야 궁금해졌나보다.

"나 회사 그만뒀어, 어제."

사실 오늘 버스를 타고 이곳에 오면서도 고민을 했었다. 회사는 어떻게 하고 평일에 왔냐고 민제가 물으면 어떻게 대답해야 하나하고 말이다. 그냥 휴가를 냈다고 할까? 창사기념일? 여름에 바빠서 못 간 휴가를 지금 냈다고 할까?

여러 핑계를 고민해봤지만, 회사를 그만뒀다고 사실대로 얘기할 생각은 없었다. 남들이 보기에 좋은 대기업에 멀쩡히 다니던 사람이 아무 이유도 없이, 다른 대책도 없이 회사를 그만뒀다고 하면 배부른 소리를 한다고 할 것 같았다. 아무리 친했던 민제였지만 내 상황을 잘 모르는 친구에게 사실대로 회사를 그냥 때려치웠다고 하기에는 좀 부담스러웠다. 그렇게 고민을 했었는데 회사는 어떻게 하고 온 거냐는 민제의 질문에 거짓말까지는 하기 싫었고, 그냥 나도 모르게 사실대로 얘기를 해버린 것이다.

세 친구 모두 당황한 눈빛이었고, 아주 잠깐이지만

아무 말 없이 날 쳐다보고 있었다.

"그래? 너 그럼 백수네? 백수한테 저녁이나 얻어먹고 미안하다."

"졸업하고 취직했으면 너도 한 10년 넘게 일한 거네? 야~ 오래 일했다. 쉴 때도 됐네."

"그래, 직장인이 힘들지. 우린 직접 운영하니까 윗사람은 없는데 직장 다니는 사람들 보니까 스트레스 장난 아니더라. 잘했어."

1~2초의 적막이 지나자마자 누가 먼저라고 할 것도 없이 다들 잘했다고 난리였다. 왜 그만뒀는지, 고민은 충분히 한 것인지, 앞으로 뭘 할지 계획은 있는지 그런 질문들은 아무도 하지 않았다. 자기 일이 아닌 남 일이라 쉽게 생각한 것일 수도 있지만 적어도 난 그렇게 느껴지지 않았다. 그냥 이 세 명은 내가 충분히 고민했겠지, 그만둘만하니까 그만뒀겠지, 그렇게 날 믿고, 내 결정을 응원해주는 것으로 느껴졌다.

"나중에 할 일 없으면 우리 가게로 와. 기술 좀 배워서 빵집이나 같이 하자."

"무슨 소리야, 민형이는 우리 가게로 와야지. 동생 가게 놔두고, 어딜 가냐?"

물론 농담으로 쉽게 한 소리들일 테고, 내가 진짜 취직시켜달라고 하면 무척 당황할 수도 있겠지만 빈말이라도 참 고마웠다. 옛친구의 무모한 결정에도 아무런 이유를 묻지 않고, 믿고, 응원해주는 이 친구들이 난 너무나도 고마웠고, 뻔뻔한 나에게 한 번도 들었을 리 없는 말을 하게 되었다.

"다들 고맙다. 한잔 하자."

Day 3:

의미 있는 인생

오랜만에 눈이 부셔서 잠에서 깼다. 벌써 날이 밝은 모양이다. 몇 년 동안 항상 정해진 시간에 눈이 자동으로 뜨였는데 고작 이틀 만에 자연스럽게 늦잠을 잔 것을 보니 사람 몸이란 참 쉽게 적응을 하나 보다. 내가 정말 몇 시까지 잤는지 궁금하기도 했지만 곧바로 눈을 뜨고 싶지는 않았다.

그러다가 내가 지금 누워 있는 곳이 내 집이 아니란 것이 갑자기 생각났다. 맞다. 난 민제 집에서 잔 것이다. 어제 정말 오랜만에 술을 너무 많이 마셔서 어젯밤 일이 정확히 다 기억나는 것은 아니지만 최대한 멀쩡한 척을 하며 민제와 함께 이 집에 들어왔고, 기분 좋게 맥주 두 캔을 더 마셨던 기억은 난다. 아무리 친구 집이지만 이렇게 편하게 오래 누워 있는 것은 아닌 것 같아 눈을 뜨며 몸을 일으켰다.

민제는 이미 출근을 했는지 집에는 나 혼자였다. 어떻게 집에 나만 남겨두고 나갈 생각을 했을까 싶지만, 아침 출근길에 나를 깨우려고 했다가 실패하고 나갔을지도 모른다는 생각이 들자 오히려 미안해지기 시작했다. 우선 빨리 씻고, 이 집에서 나가야겠다는 생각이 들었다. 갈아입을 옷이 있는 것은 아니지만 다행히 어제는 민제가 잘 때 입을 옷을 준 모양이었다. 내 옷은 방 한쪽 편에 잘 걸려 있었고, 나는 좀 짧은 추리닝 바지를 입고 있으니 말이다.

화장실에 가서 깨끗이 샤워를 하고 나니 이제 좀 정신이 드는 것 같았다. 시계를 보니 이미 열 시가 넘은 시간이었다. 정신을 좀 차리니 민제 집이 눈에 들어오기 시작했다. 누가 봐도 남자 혼자 사는 집이 분명했다. 식탁과 거실에는 과자 봉지, 음료수 캔들이 있었고, 옷들도 대충 바닥에 널브러져 있었다.

내 옷만 멀쩡히 걸려 있는 것을 보니 저건 내가 잠들

기 전에 걸어 놓았던 모양이다. 오히려 싱크대는 깨끗했
는데 생각해 보니 음식을 해먹을 일이 없으니 씻을 그릇
도 없는 그런 상태인 것 같았다. 옷을 다 갈아입고 나갈
준비를 마친 다음 집 정리를 좀 해줄까 하는 생각도 있
었지만, 오히려 민제는 이 상태가 더 편할 수 있다는 생
각이 들어 그냥 놔두고 집을 나오면서 민제에게 전화를
걸었다.

"일어났냐?"

"응, 넌 출근했냐?"

"오늘 예약 손님 있어서 좀 일찍 나왔지."

"그래, 아무튼 덕분에 잘 놀고, 잘 쉬다 간다."

"이제 어디 갈 거야? 점심이나 먹고 갈래?"

"아냐. 내가 좀 바빠서 말이지. 다음에 또 보자."

"그래, 이제 자주 좀 보자. 또 연락하고."

"그래그래. 끊는다."

막상 어디를 갈지 정하진 않았지만, 구미는 벗어나야
겠다고 생각했다. 다시 안양으로 갈지 또 다른 곳으로
갈지는 모르겠지만 우선 터미널로 가봐야 할 것 같아 큰

길로 나와 택시를 탔다. 택시를 타고 가는 동안 어제 일을 생각해봤다.

반복된 생활, 나 자신이 답답하게 느낄 만큼의 소심한 성격 등이 맘에 들지 않아 난 며칠 전 일탈을 하고 말았다. 내가 어떤 사람이었는지를 기억하는 사람을 찾아서 이곳 구미까지 왔고, 잊고 지냈던 동생 민제도 만났고, 내 이름만 듣고 멀리서 와준 동현이와 성진이까지…. 짧은 만남이었지만, 어제 친구들을 만나면서 정말 마음놓고 웃었고, 마음 놓고 내 얘기를 했던 것 같아 정말 속이 시원했다. 물론 하루아침에 좀 더 밝고, 재밌고, 주위 사람들을 이끌던 내 모습으로 돌아갈 수는 없을 것이다. 하지만 적어도 내가 어떤 사람이었고, 최근 몇 년간 그 모습을 잊고 살았다는 사실을 깨달았다는 것만 해도 어제 하루가 정말 아깝지 않았다는 생각이 들었다.

이제 난 뭘 하면서 살까? 이젠 좀 현실적인 생각을 해봐야겠다. 벌어놓은 돈도 있고, 퇴직금도 꽤 될 테니 어느 정도야 일 안 하고 살 수 있겠지만, 평생 그렇게 살 수는 없는 일이다. 경력을 살려서 다시 비슷한 회사에 들어갈 수는 있겠지만 그러면 또 얼마 지나지 않아 똑같은 생활로 돌아가 아무 생각 없이 살게 될 것 같아 두렵다. 물론 내가 지금 잘 할 수 있는 일은 십 년간 해오던 일일 것이다. 하지만 내가 하고 싶은 일은 무엇일까? 정말 아무것도 떠오르지 않는다. 취미라도 있어야 내가 좋아하는 일을 알 텐데 난 그런 것도 없다.

어느덧 터미널에 도착했지만, 미래에 대한 계획은커녕 아직 다음 행선지조차 결정하지 못한 상태였다. 터미널에 있는 버스 시간표를 보며 문득 부산 생각이 났다. 내가 살던 곳, 특히 어렸을 때 살던 곳을 가보면 혹시나 내가 꿈꾸던 일이 생각나지 않을까 하는 생각이 들었다. 분명 나도 초등학교 때는 장래 희망이라도 있었을 테니까 말이다. 그래, 그럼 초등학교, 아니 국민학교로 가보자.

난 초등학교 때뿐만 아니라 중학교, 고등학교 때도 졸업을 하고, 스승의 날에 선생님을 찾아뵈었었다. 근데 모두 딱 한 해뿐이었다. 졸업을 한 첫 해는 선생님에 대한 고마움, 몇 년을 다녔던 학교에 대한 그리움 때문에 꼭 다시 찾게 되었는데, 그다음 해부터는 선생님이 계속 계실까? 1년 만에 뵈면 어색하지 않을까? 뭐 이런 걱정들 때문에 다시 학교를 찾지 못했던 것 같다. 학교들이 다 집 근처에 있어서 찾아가려면 언제든지 가볼 수 있는 거리였지만 쉽게 가보지 못했던 기억이 있다. 그런데 오늘 난 그 학교를 무작정 중1 스승의 날 이후로 23년 만에 찾아가는 것이다.

세 시간 동안 시외버스, 시내버스 등을 갈아타며 난 약 30년 전에 입학했던 학교에 도착했다. 이름만 국민학교에서 초등학교로 바뀌었을 뿐 내 예전 기억 그대로의 모습이었다. 학교 건물들이 좀 더 예뻐지고, 운동장에 놓인 운동기구들도 조금 신식이 된 것 같았지만, 내가 기억하는 교문 앞 비탈길, 축구 골대, 철봉 등은 그 위치 그대로 있었다.

다행히 수업 시간은 끝났는지 집에 가는 애들이 많이 보였다. 안 그래도 수업 중이면 아무리 졸업생이라도 무작정 들어가도 괜찮을까 걱정을 했었는데 하교 시간이 좀 지난 듯했다. 그러니 나 같은 모르는 아저씨가 운동장 스탠드에 잠깐 앉아 있는다고 해도 크게 문제가 되지 않을 것 같아 스탠드 한 구석에 자리를 잡고 앉아 초등학교 시절을 기억해보기로 했다.

흔히 초등학교에서 인기가 많은 애들은 몇 가지 조건 중 하나를 만족하는 경우가 많다. 공부를 아주 잘하거나, 운동을 아주 잘하거나, 아니면 집이 부자여서 뭔가 비싼 물건이 있다거나 좋은 옷을 입고 다니는 경우일 것이다. 내 기억엔 난 모두 아니었다. 공부는 중학교 들어가면서부터 상위권에 들었지, 초등학교 때는 그냥 중간 정도였던 것으로 기억한다. 친구들과 농구, 축구 등을 많이 하면서 놀았지만, 팀을 나눌 때 먼저 선택받을 정도로 뛰어난 실력은 아니었다. 그렇다고 우리 집이 잘 살아서 좋은 옷을 입었다거나 친구들의 관심을 받을만한 좋은 도시락 반찬을 싸온 적도 없었던 것 같다. 그렇다고 난 인기가 없어서 친구들도 없이 혼자 지내던 그런 아이도 아니었다. 항상 주위에 친구가 많았었고, 여자 친구들에게도 인기가 많았었던 기억이 난다.

그렇게 옛날 기억에 빠져 있을 때 반가운 얼굴이 보

였다. 학교 건물 앞을 지나가시던 나이 지긋하신 여성분이었는데 초등학교 6학년 때 담임 선생님이었다. 내 기억에는 젊고 예쁘시던 학교에서 선생님 중에서는 막내 선생님이셨는데 이젠 교장 선생님 정도의 느낌이 날 정도로 나이가 드신 모습이었다. 덕택에 하마터면 못 알아볼 뻔했지만, 그래도 어린 학생들에게 잘 가라고 인사해주시며 웃어주시는 선생님의 밝은 미소는 그 시절 그대로였기 때문에 알아볼 수 있었다.

너무 반가워서 스탠드에서 일어나 곧바로 달려갈 뻔했지만, 너무 죄송하게도 선생님 성함이 전혀 생각나지 않았다. 그래도 또 소심하게 망설이고 싶지는 않았다. 이젠 며칠 전의 답답한 나로 돌아가지 않기로 하지 않았는가. 그래서 난 스탠드 몇 계단을 재빨리 올라가 선생님을 불렀다. 사실 선생님 성함을 직접 부를 일은 없으니 기억이 나지 않아도 괜찮겠다는 생각이 들었기 때문에 더 자신 있게 행동할 수 있었다.

"선생님!"

물론 선생님도 당연히 내 이름이 기억나지 않으셨을

것이다. 하지만 분명히 내 얼굴을 알아보신 듯한 표정이
었기 때문에 난 선생님의 고민을 덜어드리기 위해 먼저
내 이름을 말해드렸다.

"선생님, 저 민형이에요, 김민형. 혹시 기억나세요?"

"아 그래, 민형이구나. 우리 반 부반장."

내가 부반장이었었나? 사실 기억은 안 나지만 선생님
의 눈빛은 날 확실히 알아보신 것 같았기 때문에 날 다
른 사람으로 착각하시진 않았는지 의심이 들진 않았다.
선생님과 난 간단히 인사를 주고받고, 선생님 말씀에 따
라 교무실로 따라 들어갔다.

선생님은 내 생각처럼 교장 선생님은 아니셨다. 다만
교감 선생님이 되어 계셨다. 난 교감 선생님 자리에서 선
생님과 옛날이야기를 하며 한참 동안 시간을 보냈다. 대
부분의 선생님들이 퇴근할 때까지 약 한 시간 동안 내
초등학교 6학년 때의 일을 나보다 더 많이 알고 계신 선
생님으로부터 많은 이야기를 들을 수 있었다. 선생님 말
씀에 따르면 난 착하긴 했지만 약간 특이한 아이였다고
한다. 공부도 상위권이었고, 선생님 말씀도 잘 따르고,

숙제도 잘 해오는 착한 아이였는데 유독 궁금한 게 많고
말이 많았다고 한다. 수업 시간에 떠들진 않았는데 항상
쉬는 시간에는 애들을 불러 모아 재밌는 얘기를 많이 했
었고, 시간이 남을 때는 연습장을 꺼내 놓고 만화를 그
리고, 글을 쓰고 했다고 한다.

"한번은 어떤 애가 수업 시간에 몰래 뭘 읽고 있길래
선생님이 뺏어서 봤는데, 민형이 네 공책이더라고. 이게
뭐냐고 했더니 다들 읽어봤는지 주위 애들이 민형이가
쓴 소설이라고 하더라고. 그래도 수업 시간에 읽은 거니
까 선생님이 가져가겠다고, 수업 끝나고 걸린 애랑 민형
이 너랑 와서 찾아가라고 했거든."

"저도요? 전 왜요?"

난 잘 기억이 나지 않는 일이라 가만히 듣고만 있었
는데, 순간 감정이입이 된 탓인지 나도 모르게 선생님께
항의를 했다. 사실 내가, 아니 어린 민형이가 수업 시간
에 소설을 쓰다가 걸린 것도 아니고, 수업 시간에 그걸
가져다가 읽은 그 친구가 잘못한 건데 나까지 불려갔다
니 괜히 내가 억울한 기분이 들었다.

"안 그래도 교무실에 와서 너 그렇게 얘기했었지, '전 잘못한 게 없는 것 같은데요'하고."

선생님도 뭔가 잘못한 것 같아 둘을 부르긴 했는데 직접 쓰는 걸 못 봤으니 혼내지는 않고, 수업 시간에 쓰면 안 된다고만 하고 돌려보냈다고 하셨다.

"그런데 무슨 내용이었나요?"

나는 문득 내가 무슨 글을 썼을까 궁금해졌는데 선생님이 혹시 그 글을 읽어보셨을지도 몰라서 선생님께 물어봤다. 다행히 선생님도 궁금하셔서 쉬는 시간에 잠깐 읽어보셨었는데 그때 유행했던 로봇이 나오는, 이를테면 공상과학 내용이었다고 한다. 굉장히 유치하기도 하고, 어이없기도 했지만, 은근히 재밌어서 네다섯 페이지 되는 글을 다 읽어보셨다고 했다. 그런데 그게 시리즈물이었는지 내용이 중간에 끝나서 다음 이야기가 궁금했는데 차마 다음 편에 대해서는 물어보지 못하셨단다.

"그래서 난 네가 나중에 소설가까지는 아니더라도 글 쓰는 쪽으로 뭔가를 하고 있을 줄 알았지."

어렴풋이 기억나기로는 TV에서 해줬던 로봇 만화에

감동을 받아서 나도 그런 내용의 만화를 그려보고 싶었던 적이 있었다. 그런데 그림 실력이 너무 떨어져서 만화는 포기했던 기억은 있는데, 만화가 아닌 글을 써서, 그것도 시리즈물로 친구들끼리 돌려 읽을 정도의 글을 썼었나 보다.

"맞다. 그때 우리 반에서 만들었던 책에 민형이 글도 있겠네. 찾아볼까?"

6학년 2학기 때 선생님이 우리들에게 각자 주제에 상관없이 글을 써 오라고 하셨는데 책을 만들 거라고 하셨었다. 각자 써온 글에 그림 잘 그리는 친구들 몇 명이 삽화처럼 그림도 넣어주고, 그렇게 책을 만들어서 졸업식 전에 선생님이 직접 한 명씩 나눠주셨던 기억이 났다.

물론 난 그 책이 어디로 갔는지 전혀 기억나지 않지만 내가 그 일을 기억하는 것은 그때 어떤 글을 쓸까 며칠을 고민했던 기억이 나기 때문이다. 대부분 애들이 일기처럼 간단한 내용으로 글을 써서 제출했었는데 나는 나름 소설가로서 친구들의 기대에 부응하기 위해서였는지는 몰라도 한참을 고민했었던 기억은 아직도 생생했다.

선생님은 교무실 한쪽 책장에서 그때 나눠주셨던 그 책, 노란색 표지로 제본이 되어 있는 책을 가져오시며 내 글을 찾아보셨다.

"맞다. 너 이 책 편집할 때 선생님이랑 한참 싸웠던 거 기억나니?"

난 나름 어렸을 때부터 예의 바르게 자랐다고 자부 했었는데 그런 내가 선생님과 싸웠다고? 그럴 리가 없을 텐데요, 라고 대답하고 선생님이 보여주신 책 한 페이지 를 봤는데, 나도 선생님이 기억하시는 그날이 생각났다.

선생님은 당초에 다들 한 페이지씩 글을 직접 손글씨 로 써서 제출을 하면 빈칸에 그림 잘 그리는 몇 명이 일 일이 관련 있는 그림을 그려 넣어주고, 그걸 모아 반 인 원수에 맞춰 복사를 하고, 제본을 해서 아이들에게 나눠 줄 거라고 말씀하셨었다. 그런데 난 긴 고민 끝에 글을 써서 선생님께 제출했는데 나만 한 페이지 넘게 글을 썼 던 것이다. 선생님은 한 페이지가 넘어서 안 된다고 하셨 고, 난 도저히 줄일 내용이 없다고 했었다.

그리고 난 전체 50페이지가 넘는데 한 페이지 더 늘

어나는 게 큰 문제냐고 그냥 넣어달라고 선생님께 부탁했었다. 하지만 선생님은 단호하셨고, 한참을 선생님과 싸움 아닌 싸움을 하다가 결국 분량을 줄이기 위해 수업이 끝나고 혼자 남게 되었었다. 그때 썼던 그 글이 지금 내 눈앞에 있는 것이다.

'의미 있는 인생이란 무엇일까?'
6학년 4반 33번 김민형
난 이제 몇 달 후면 중학교에 입학한다. 이제 더 이상 어린아이가 아닌 것이다. 지금까지는 아무런 걱정 없이 친구들과 신나게 놀며 인생을 보냈지만, 이제부터는 그렇게 허무하게 살면 안 되겠다는 생각이 든다. 그래서 나는 앞으로 내가 살아갈 인생에 대해 어떻게 살아야 할지 생각해보기로 했고, 의미 있는 인생이 무엇일지 생각해 보았다.

내 나름대로는 어른이 된다는 부담감과 함께 초등학교 시절 놀았던 기억이 인생을 헛되게 보낸 것으로 생각했었나 보다. 글씨를 보자마자 웃음부터 났지만 24년 전 어린 민형이도 지금의 나와 비슷한 고민을 했었나 하는 생각에 나도 사뭇 진지해져서 글을 읽게 되었다.

의미 있는 인생이 무엇인지는 몰라도 나에게 가장 소중한 것들을 위해 살면 그게 의미 있는 인생이 될 것 같다. 지금 나에게 소중한 것은 가족, 친구, 그리고 내 꿈이다. 만약 날 낳아주시고 길러주신 부모님을 위해서 평생을 산다면 그건 분명히 의미 있는 인생일 것이다. 그리고 내 친구들과의 우정을 지키면서 평생 친구들과 행복하게 살 수 있다면 그것도 의미 있는 인생일 것이다. 그리고 내가 하고 싶은 일을 위해서 평생을 바친다면 그것도 의미 있는 인생일 것이다. 아마 내 소설이 베스트셀러가 돼서 내가 유명한 작가가 된다면 다들 나에게 의미 있는 인생을 살았다고 할 것이다. 그리고 아마 10년 후면 나도 사랑하는 여자를 만나게 될 텐데, 그 사람을 위해서 평생을 바쳐도 의미 있는 인생이 될 것이다.

네 가지 중 어떤 것을 골라야 할지 모르겠지만 나중에
나이가 들어서 이 글을 읽게 됐을 때는 분명 의미 있
는 인생을 살고 있을 것이다.

글을 다 읽고 나니 여러 가지 복잡한 감정이 들었다.
24년 전 13살짜리 민형이는 이렇게 앞으로 살아갈 날에
대해 고민을 하고 있었는데 이미 37살이 된 나는 그 꼬
마의 고민이 무색하게 너무나 한심하고, 의미 없게 살아
온 것이 아닌가 하는 생각이 들어 너무 미안한 마음이
들었다.

　민형이의 기대와는 다르게 지금 나는 네 가지 인생
모두를 놓치고 살고 있었다. 바쁘다는 핑계로 연락 한
번 드리지 않고, 몇 년간 부모님 집에도 가지 않는 나였
다. 오랜만에 연락을 하고, 갑자기 찾아가도 반겨주는
친구들에게도 몇 년간 무관심했던 나였다. 꿈이란 게
있었는지도 잊은 채 아무 생각 없이 기계처럼 회사를
10년 동안 다녔던 나였다. 거기에 20대 초반에는 만날
줄 알았던 사랑하는 여자는 아직도 만나지 못했으니 13

살 민형이의 기준으로는 난 정말 의미 없는 인생을 살고 있는 것이다.

"재밌지? 옛날 생각도 나고."

책을 덮으시며 선생님이 나에게 말을 거셨다. 같은 책 두 권을 가져오셔서 나랑 같이 읽으셨는데, 내가 내 글 마지막 문장을 읽고 반성의 시간을 가지는 동안 선생님은 한 권을 다 읽으신 모양이었다.

"신기하네요. 그 나이에 이런 생각을 했다는 게."

난 어린 민형이에게 뒤통수를 얻어맞은 것처럼 정신이 멍해져 있었지만 애써 웃으며 선생님께 대답했다. 책을 개인적으로 가져가서 계속 보고 싶었지만, 선생님께서 연도별로 잘 정리해 놓았을 책장에서 한 권을 빼고 싶지는 않았다. 그렇다고 복사를 해달라고 말씀드리기도 좀 그렇고, 혹시 집 어딘가에 있을지도 모르는 일이니, 마지막으로 한 번 더 내 글을 보고 나서 선생님께 책을 돌려드렸다. 그 이후로도 십여 분 동안 선생님과 대화를 더 나눴지만 내 생각은 온통 지난 20년간의 의미 없는 인생에 대한 아쉬움으로 가득 차 있었다.

선생님께 다음에 또 찾아뵙겠다는 인사를 드리고 학교를 나왔을 때는 이미 해가 다 저가고 있었고, 운동장은 한적해진 후였다. 이제 어디를 갈까? 난 이곳에 내가 어렸을 때 갖고 있던 꿈이 무엇인지를 찾아서 왔었지만, 내가 24년 전에 최고의 가치로 생각했던 것들을 다 놓치고 살았다는 충격적인 사실을 알게 되었다. 가족, 친구, 꿈. 어느 하나 제대로 지킨 것이 없었다. 그래도 친구들은 단 몇 명이라도 다시 찾게 되었고, 관계를 지속시킬 방법이 없는 것은 아니니 큰 문제는 아니다. 내 어렸을 적 꿈도 실현 가능성이 있는지, 경제적으로 괜찮을지 좀 더 현실적인 고민을 해봐야겠지만, 아주 늦은 것은 아닌 것 같으니 이 또한 큰 문제는 아니다. 가장 큰 문제는 가족이다.

난 부모님과 크게 다투거나 크게 의견 차가 있었다거나 한 적은 없었다. 적어도 내 기억에는 말이다. 그런데 어느 때부터인지는 모르지만 가끔씩 오는 어머니의 연락에 짜증을 내기 시작했고, 그에 따라 연락 횟수도 점점 줄게 되었고, 시간 날 때마다 찾아가던 집도, 일 년에

두 번 명절 때만 가는 것으로 줄어들었다가 최근 몇 년 간은 아예 가지도 않게 되었다. 그렇게 난 어느 순간부터 가족과 멀어지게 된 것이다.

그렇다고 아예 가족 생각을 하지 않았던 것은 아니었다. 가끔 부모님 생각이 나긴 했지만, 연락을 드릴 용기가 나지 않았다. 어디서부터 잘못된 것인지를 모르니 어디서부터 어떻게 풀어야 할지가 생각나지 않았다. 그래서 집 생각이 날 때마다 머리가 아파왔고, 그래서 더욱더 가족 생각을 하지 않으려 노력했을지 모른다. 이틀 전 회사에 가지 않고 어디를 갈까 고민했을 때도 집은 전혀 고민 대상이 아니었다. 생각해봐야 또 머리만 아플 테니까.

하지만 평생 이렇게 지내리라고는 생각하지 않았다. 언제일지, 어떤 계기에 의해서일지 생각은 안 해봤지만 언젠가는 다시 전처럼 불편하지 않은 가족으로 돌아갈 수 있을 거라는 막연한 생각은 하고 있었다. 그게 바로 오늘인가 보다.

계기나 핑계 따위는 필요 없었다. 이틀 전 아침에 일

어났을 때만 해도 내가 출근을 하지 않을 것이란 것은 상상도 하지 않던 일이었다. 그 이후로 지금까지 내가 특별히 계획하고 한 일이 있었던가? 아니다. 그냥 생각나는 대로 하고 싶은 것을 해오고 있었다. 근데 지금은 집 생각, 부모님 생각이 나니 지금 집으로 가봐야겠다. 더군다나 난 지금 20여 년 전 다니던 초등학교 앞에 있고, 고등학교 때 이사를 한 우리 집은 초등학교 때 다니던 집보다 여기서 더 가까워졌으니 전보다 더 쉽게, 더 빠르게 갈 수 있을 것이다. 자주 타던 버스를 타고 20분만 가면 우리 집인 것이다. 그래, 집에 가자.

버스를 탄 지 30분 정도 후에 난 우리 집에 도착할 수 있었다. 더 빨리 도착할 수 있는 거리였지만 버스에서 내린 후 내 걸음은 점점 느려졌다. 세상에서 가장 편해야 할 집과 가족이 어쩌다 내게는 이렇게 부담스러운 곳이 되었는지 마음이 무거웠다. 우선 내가 집에 들어가면 놀라실 텐데 뭐라고 첫 마디를 꺼낼지부터 걱정이었다. 예전엔 어땠을까 기억해봤지만 특별한 말은 하지 않았던 것 같았다. 내가 문을 열고 들어가면 내가 어떤 말을 하기 전에 항상 어머니가 날 반겨주셨기 때문이었다.

이런저런 고민을 하다가 결국 집 앞에 도착한 것이다. 자기 집에 들어가면서 큰 용기를 낸다고 하면 웃긴 일이겠지만, 나한테는 회사를 그만두는 것보다 더 큰 용기가 필요했다. 잠깐 망설이다가 문을 열기로 결심을 했지만 내 주머니엔 열쇠가 없었다. 집 현관문 열쇠를 가족들 모두 하나씩 가지고 다녔었고, 나 또한 자취를 할 때에도 그 열쇠를 열쇠고리에 끼워서 항상 가지고 다녔었는데, 그 열쇠가 없는 것이다.

생각해 보니 지금 살고 있는 곳으로 이사 오면서 번호키를 사용하게 되어 열쇠고리에 끼워야 하는 열쇠가 단 하나로 줄어들었고, 그마저도 집에 갈 때만 챙기면 되지, 하며 거실 서랍장에 넣어버렸던 기억이 났다. 그것도 벌써 꽤 된 일이고, 그동안 오늘처럼 열쇠를 찾았던 기억조차 없으니 정말 오랫동안 집에 오지 않은 것이 분명했다.

난 어쩔 수 없이 이 집에 이사 온 후 내 손으로는 단

한 번도 누른 적이 없던 벨을 눌렀다. 전처럼 문을 열고 아무 일 없었던 듯 자연스럽게 들어가려던 내 계획은 틀어지고 만 것이다. 우리 가족은 특별히 배달 음식도 자주 시켜 먹지 않았었기 때문에 벨 소리를 들을 기회가 없었는데 아마도 지금 이 벨 소리에 부모님도 놀라셨을 것 같았다.

"누구세요?"

익숙한 어머니의 목소리가 들렸다.

"나야."

많이 떨렸지만, 최대한 자연스럽게 목소리를 내며 대답했다. 잠시 후 어머니가 놀란 얼굴로 현관문을 여셨다.

"어, 민형아."

몇 년 만에 아무 연락도 없이 갑자기 찾아온 아들을 보고 분명히 놀라셨을 테고, 무슨 일이 있는 건가 궁금하시기도 했겠지만, 집에 온 자식에게 보자마자 '무슨 일이야'라고 물어보실 수도 없는 일일 테니 이름만 부르시고, 아무 말씀도 못 하시는 것일 테다.

"아빠는?"

"오늘 좀 늦으신대."

난 잠깐 어머니와 눈을 마주친 후 예전에 내가 그랬듯이 신발을 벗고, 내 방으로 들어갔다. 어색해서 방으로 들어와버린 것도 있지만, 사실 어머니의 얼굴을 보자 나도 모르게 울컥해버렸기 때문이다. 크게 사고를 쳤다거나, 큰 잘못을 한 것은 아니지만 아들로서 한동안 찾아뵙지도 않고, 연락도 드리지 않았으니 그것만으로도 큰 불효를 한 셈이었다. 이런 생각을 하지 않으려고 그동안 참 많이 노력했었는데 어머니 얼굴을 보자마자 죄송한 마음이 터져버린 것이다.

"저녁은 먹었어?"

어머니는 항상 이런 걱정이었다. 항상 내가 밥은 잘 먹고 다니는지, 겨울에 집이 춥지는 않은지, 어디 아픈 데는 없는지 항상 걱정을 하셨다. 내가 회사에서 밥 잘 나온다, 집 난방이 잘 돼서 춥지 않다, 계속 말씀을 드려도 항상 걱정이 많으셨다.

난 언제부턴지 어머니의 걱정이 잔소리처럼 느껴지기

시작했고, 짜증이 나기 시작했던 것 같다. 저녁을 먹었는지 물어보시는 어머니의 말씀에 내 나이가 이제 서른일곱인데 아직도 끼니 걱정을 하시는구나 하는 생각이 들었고, 이런 어머니를 고맙게 생각 못하고, 잔소리로 여겼던 나 자신이 너무나도 후회됐다.

"아니. 아직. 집에 국수 있으면 좀 해줘."

어머니는 항상 밤늦게 밥을 먹으면 안 좋다고, 늦게 식사를 해야 할 때면 간단하게 국수를 먹으라고 하셨었다. 난 특히 어머니가 해주시던 김치 비빔국수를 좋아했었는데, 그게 생각나서 국수를 해달라고 했다. 집에 국수가 없으면 어머니가 사러 나가실 테지만 주방 수납장을 여닫는 소리가 들리는 것을 보니 다행히 집에 남은 국수가 있는 모양이었다.

어머니가 국수를 할 동안 난 방에 있을 생각이었다. 거실에 나가서 TV를 보는 것도 좀 어색할 것 같고, 주방에 가서 어머니랑 그동안 어떻게 지냈는지 수다를 떨 만큼 싹싹한 아들도 아니기 때문에 우선은 방에 있는 편이 나을 것 같다고 생각했다. 내 방은 오랜만에 왔는데도 참 편안한 느낌이 들었다.

고등학교 때 이 집으로 이사 와서 대학교 때 서울로 학교를 가면서 자취를 시작했으니 이 방에서 생활한 시간은 채 몇 년이 되지 않을 것이다. 물론 주말이나 방학 때, 그리고 몇 년 전까지만 해도 휴가 때나 명절 때 내려와서 이 방에서 지냈지만, 실제 내가 이 방에서 잠든 시간은 지금 안양에 있는 내 집보다도 적을 것이 분명했다. 그런데도 오랜만에 이 방에 들어선 내가 어색하지 않고, 오히려 포근하기까지 한 것을 보면 '집'이라는 곳에 대한 느낌은 참 특별한 것 같다.

또 신기한 점은 이 방은 방 주인 없이 적어도 몇 년은 지났을 테니 박스들이나 각종 짐들이 쌓여 있는 일종의 창고 같은 모습을 하고 있는 것이 오히려 어울릴 것 같았는데 그렇지 않았다. 가끔 손님이나 친척이 왔을 때 누군가 자고 갔을 수도 있지만 참 깨끗하고, 잘 정리된 모습, 내가 살던 그때의 그 모습 그대로였다.

하긴 전에 내가 집에 자주 내려오던 때를 생각해 보면 특별히 연락하고 집에 오고 그러지는 않았던 것 같다. 한 달에 한 번 정도는 꼭 내려왔었고, 무슨 일이 생겨서 못 내려올 때만 연락을 했었던 것으로 기억한다. 그러던 것이 점점 집에 오는 횟수가 줄어들고, 무슨 일이 있어서 집에 못 온다는 연락이, 무슨 일이 있으니 집에 온다는 연락으로 바뀌었고, 그런 연락마저도 점점 없어졌던 것이다. 그렇게 보면 내가 언제 온다, 언제 못 온다는 말조차 없었으니 이 방을 다른 용도로 쓰시기는 힘들었을 수도 있다.

물론 부모님은 무심한 아들이 바빠서 연락을 못 하고, 못 내려오나보다 생각하시고, 언제 집에 오더라도 편하게 잘 수 있도록 그동안 방을 잘 준비해 놓으셨을 수도 있다. 매일같이 청소하시고, 책상 정리를 하시며 내 생각을 하셨을 수도 있다. 하지만 그렇게 내 생각을 하셨을 부모님을 생각하니 금방이라도 눈물이 쏟아질 것 같아 억지로라도 그런 생각은 하지 않으려고 한다. 그냥 가끔 부모님이 침대에서 주무시기 위해 내 방에서 주무셨나보다, 라고 생각하는 편이 마음이 덜 무거웠다.

국수를 먹기 전에 옷도 갈아입고, 손발이라도 씻어야

할 것 같아 난 옷장 문을 열었다. 갈아입을 옷이 있으려나 하고 생각했지만, 옷장에 걸려 있는 옷, 그 밑에 서랍에 있는 옷들은 오히려 지금 내가 살고 있는 오피스텔 옷장보다 옷이 더 많았다.

회사 다닐 때는 사실 옷이 그리 많이 필요하지 않았다. 출근 복장은 거의 계절별로 두세 벌이면 충분했고, 집에서 입을 옷 한두 벌 정도. 회사 외에는 그다지 나갈 일이 없었기 때문에 그 외의 옷은 거의 필요가 없었고, 가끔 속옷이나 양말이 부족할 땐 인터넷으로 몇 개씩 사면 그만이었다. 그런데 이 옷장에는 다 내가 직접 골라서 샀고, 내가 자주 입던 옷들이 그대로 잘 걸려 있고, 잘 개어져 있었다. 어느 옷 하나 낯설고, 기억나지 않는 옷이 없었다.

나는 집에서 편하게 입던 예전 옷을 꺼내 갈아입고, 화장실로 가서 간단히 손발을 씻고 나왔다. 마침 어머니로부터 국수가 다 됐으니 와서 먹으라는 소리를 듣고, 주방으로 가서 식탁에 앉았다. 식탁에는 국수와 배추김치 한 접시, 젓가락 한 쌍이 가지런히 놓여 있었다. 잘 밤에 많이 먹으면 안 좋다고 그렇게 입버릇처럼 말씀하시던 어머니셨는데 심하다 싶을 만큼 많은 양의 국수였다. 아마 예전 고등학생 때였으면 뭘 이렇게 많이 줬냐고 신경질을 냈을지도 모르겠지만 지금은 그저 고마울 뿐이었고, 어떻게 해서든지 다 먹어야겠다는 생각이 먼저 들었다.

"맛있겠네."

싱크대에서 설거지를 하시는 어머니의 등에 대고 난 맛있겠다는 한마디를 하고 젓가락을 들었다. 이게 얼마만의 집밥일까? 물론 밥이 아닌 국수지만 얼마 만인지 잘 기억조차 나지 않았다. 평일에는 회사 근처 편의점에서 대충 한 끼를 때웠고, 아침저녁에는 주로 과일이나 인스턴트식품으로 때우기 일쑤였다. 배달 음식도 가끔 시켰지만 피자나 치킨, 짜장면 등은 혼자 사는 내가 시켜 먹기는 좀 부담스러웠다.

피자나 치킨은 으레 한 판 또는 한 마리를 다 먹기 전에 질려서 냉동실로 들어가게 되었고, 짜장면 한 그릇은 배달시키기가 미안했기 때문에 대부분 배달 음식보다는 한 달에 한두 번 정도 마트에 가서 식료품을 사 오는 것으로 평일 저녁과 주말 식사를 해결했다. 하지만 그 또한 혼자 사는 내가 두고두고 먹을 만큼의 유통기간이 길지 않은 제품이 많았기 때문에 어느 때부터는 마트 대신 집 앞 편의점에서 퇴근길에 한두 개씩 사다 먹는 일이 많아졌다. 그렇게 인스턴트 음식만 먹다가 정말 오랜만에 집에서 해주는 음식을 먹게 된 것이니 맛이 없을 수가 없었다.

난 원래 밥을 먹을 때 말을 많이 하는 성격은 아니었지만, 오늘은 정말 고개도 들지 않고 계속 국수를 먹었다. 그러다 문득 고개를 들었을 때 계속 설거지 중이신 어머니의 뒷모습을 볼 수 있었다. 그런데 과연 설거지할 게 많아서 저러고 계신 건가 하는 생각이 들었다. 정말 오랜만에 아들이 왔지만 마주 보고 앉아 있기 어색해서 그러시진 않을까 하는 생각이었다.

물론 나도 어머니와 마주 앉아서 밥을 먹으면 좀 어색할 것 같긴 했다. 눈을 똑바로 쳐다보기도 전에 눈물이 날 것 같기도 하고, 국수 그릇에서 아예 눈을 못 뗐을 수도 있다. 예전엔 친구 같은 사이는 아니어도 서로 장난도 많이 치고 참 편한 모자 사이였던 것으로 기억하는데 어쩌다 이렇게 됐는지 마음이 아파왔다. 너무 오랫동안 찾아뵙지 못한 것에 대해 죄송한 마음도 들었지만, 더 늦기 전에 집에 올 수 있어서 다행이란 생각도 들었다.

"나… 내려와서 살까?"

난 국수를 먹으면서 어머니 등 뒤에다가 얘기를 했고, 설거지 소리에서 어머니가 잠깐 놀라신 것을 느낄 수 있었다.

"그래, 그럼 엄마야 좋지."

뜬금없는 내 한마디 말에 얼마나 궁금한 게 많으셨을까? 회사는 어떻게 하고 내려온다는 걸까? 회사에서 잘렸나? 회사에서 이 근처로 발령을 받았나? 회사를 옮겼나?

하긴 그보다 오늘 갑자기 내려온 이유부터 너무 궁금하셨을 텐데 어렵기만 한 아들에게 아무 질문도 못 하시고, 저렇게 짧은 대답만 하시고는 설거지만 계속 하고 계신 것이다. 질문을 못 하시니 내가 더 얘기를 해야겠다는 생각이 들었다.

"너무 오래 일한 것 같기도 하고, 좀 쉬면서 다른 일이나 찾아볼까 하고…"

차마 집이 그리웠다거나 그동안 못 내려와서 죄송했다거나 하는 말은 하지 못하고, 일 핑계를 대면서 대충 이유를 밝혔다.

"그래, 한 십 년 일했으면 됐지."

언제 내려올지, 회사는 언제 그만둔 것인지 역시 질문이 없으셨다. 나도 이 질문에 대한 대답은 곤란한 상태니 오히려 질문을 안 하신 게 다행이었다. 회사는 일방적인 통보만 했지, 아직 정식 절차를 진행한 것도 아니었고, 회사나 안양에 있는 집을 정리하는 것도 시간이 좀 필요할 테니 언제부터 내려와 살지는 나조차 전혀 생각해본 적이 없었다. 사실 내려와서 살겠다는 생각도 조금 전까지는 해보지도 않았던 일이었다. 하지만 회사를 그만두면 더 이상 집을 떠나 있을 필요가 없으니 당연히 집에 들어오는 게 맞을 것이다. 회사를 더 이상 다닐 이유가 없어서 회사를 그만두기로 결심한 나였으니 말이다.

어느덧 국수 그릇을 깨끗이 비우고, 젓가락을 내려놨다. 어머니는 더 이상 설거지를 할 게 없으셨는지 주방 옆 다용도실에서 뭔가를 정리하고 계셨고, 난 다 먹은 그릇과 젓가락을 싱크대에 넣어놓았다. 난 어렸을 때부터 집에서 밥을 먹으면서 '잘 먹겠습니다'라거나 '잘 먹었습니다'라는 인사를 하지는 않았다.

친구들한테도 그랬던 것처럼 고마운 표현, 미안한 표현같이 감정을 표현하는 것이 너무 어색했는데 아마 무뚝뚝하신 아버지의 영향을 받아서일지도 모르겠다. 오히려 일반 식당에서 밥을 먹고 계산하고 나올 때는 버릇처럼 인사를 했던 것 같은데 집에서는 왜 그런 말을 못 했었는지 모르겠다. 그동안은 왜 그랬는지 모르겠지만 이제부터라도 더 늦기 전에 가족에게도 표현을 좀 하면서 살아야겠다는 생각을 하며, 한창 바쁘신 어머니 뒷모습에 대고 인사를 하면서 내 방으로 들어갔다.

"잘 먹었습니다."

Day 4;
우리 집

잠자리가 변하면 잠을 잘 못 자는 사람들이 많다고 한다. 주로 예민한 사람은 그렇다고 하는데 난 몇 년 만에 누워본 내 옛 침대에서 정말 오랜만에 푹 자고 일어난 것을 보면 난 그런 성격은 아닌가 보다. 벽에 걸린 시계가 잘 동작하고 있다면 벌써 아침 일곱 시가 넘었다는 건데 그럼 난 거의 열 시간을 잔 모양이었다. 어제 국수를 먹고 양치질을 하고 방에 잠깐 들어와서 침대에 앉았었는데 그냥 누워서 자버린 모양이다.

오늘은 뭘 할까? 요즘 일어나자마자 드는 생각은 오늘은 뭘 할까 하는 생각이다. 며칠 전만 해도 일어나면 아무 생각 없이 씻고, 매일 입던 옷을 입고, 같은 시간에 버스를 타고, 회사에 갔었는데 이젠 일어나면 뭘 할까 하며 가만히 누워 있는 시간을 즐기고 있다. 오늘도 특별히 해야 할 일은 없었지만, 친구들이 이어나간다고 했던 농구 모임이 생각났다. 아홉 시에 만난다고 했으니 아직 시간은 충분하다. 침대에 누워서 보이는 창밖의 하늘도 아직 약간 어둡지만 흐린 날씨는 아닌 것 같으니 농구 모임이 취소되지는 않을 것 같다. 천천히 준비하고 나가면 될 것 같다.

하지만 그보다 먼저 해야 할 일이 있다. 바로 아버지. 오랜만에 왔으니 아버지가 좀 늦으시더라도 기다렸다가 인사를 드리려고 했는데 그만 잠이 들어버렸던 것이다. 부모님이야 워낙 부지런하셔서 벌써 일어나셨을 것이고, 일곱 시쯤이면 벌써 식사를 시작하셨을 것이다.

오랜만에 푹 자는 아들을 깨우실 부모님도 아니고, 혹시라도 내가 깰까 봐 조용히 식사를 하고 계실지도 모르지만, 부모님이 식사를 먼저 다 끝내시기 전에 나가는 것이 나을 것 같다는 생각이 들었다. 아마 식사를 다 끝내신 다음에 가면 또 나만 식탁에 앉아서 밥을 먹어야 할 것이고, 부모님은 내가 어색할까 봐 또 식탁에서 떨어진 곳에 계시면서 신문을 읽으시거나 설거지를 하시게 될 것 같았다. 그 전에 내가 빨리 나가서 오랜만에 부모님과 마주 보고 앉아봐야겠다.

다행히 두 분은 아직 식사를 하시지 않은 것 같았다. 내 방문을 열고 나오면 곧바로 주방이 보이는데 어머니는 싱크대 앞에서 뭔가를 열심히 준비하고 계셨고, 식탁에는 아직 수저만 놓여 있었기 때문이다.

수저 세 쌍. 얼마 만에 가족이 마주 앉아 식사를 하는 것일까? 5년? 어쩌다 가족끼리 같이 식사를 하는 것이 이렇게 특별한 느낌이 들만한 일이 되어버린 것인지 참 나도 못난 아들이었다. 예전 기억으로 미루어봤을 때 이렇게 어머니가 식사를 준비하시는 아침 시간이면 아버지는 거실에서 신문을 보시고 계실 것이 분명했다.

정말 오랜만에 뵙는 건데 일어나자마자 지저분한 얼굴로 인사를 드리고 싶진 않아서 난 곧바로 화장실로 들어갔다. 난 눌리고 뻗치고 지저분한 머리를 잽싸게 감고, 대충 머리를 말리고 서둘러 밖으로 나왔다. 내가 일어나서 화장실로 들어가는 것을 두 분 다 소리로 들으셨을 것이고, 이 어색함은 나만이 느끼는 게 아닐 텐데 빨리 나와서 인사를 드려야겠다는 생각이 들었기 때문이다. 화장실 문을 열고 나오니 어머니가 주방에서 몸을 돌려 나를 보시며 먼저 말씀을 하셨다.

"일어났어?"

"네."

난 그 흔한 '안녕히 주무셨어요'란 인사도 덧붙이지 못하고 짧은 대답만 하고 말았다. 살가운 아들이 되는 것은 나에게는 아직 많이 어색하고 어려운 것 같다. 우선 난 몸을 돌려 아버지가 계신 거실을 보았다. 분명히 내가 나온 것도 들으셨을 테고, 어머니와 짧게라도 대화를 나눈 것을 분명히 들으셨을 텐데 내 예상대로 여전히 거실 소파에서 신문을 읽고 계셨다. 이 상황이, 내가 몇 년간 만들어버린 이 상황이 아버지께도 어색한 순간을 만들어버렸을 것이다.

아버지도 눈은 신문을 향해 있지만, 신경은 온통 몇 년 만에 집에 온 아들에게 향해 있으실 게 분명했다. 마음 같아선 인사를 드리며 서둘러 아버지가 앉아 계신 소파 옆자리에 앉고 싶었지만 잠깐 망설여졌다. 짧은 인사라도 목에서 쉽게 나오지 않는 것은 몇 년 만에 찾아온 것에 대한 죄송함, 그리고 이 상황에 대한 어색함 때문만은 아니었다.

사실 아버지와 나는 어렸을 때부터 그렇게 친밀한 부자 관계는 아니었다. 워낙 말수가 적으시고, 무서우셨던 아버지는 전형적인 옛날 사람이었다. 어려서부터 난 엄하신 아버지를 무서워했었고, 20대가 되어서는 아버지를 무서워하지는 않았지만, 그래도 아버지와 편하게 얘기하며 지내진 못하고 여전히 어려워했었다. 어렸을 땐 가족끼리 친하게 지내는 친구들이나 재밌는 아버지가 있는 친구들이 부럽기도 했지만 나이가 들면서 아버지가 겉으로는 표현을 전혀 안 하시지만 속으로는 얼마나 나를 생각하시는지 알게 되면서 그런 마음은 없어졌었다.

우리 집은 버스터미널이나 기차역에서 교통이 편한 곳은 아니었는데 집에 내려올 때나 다시 서울로 올라갈 때는 항상 부모님이 함께 마중 나오시고, 배웅을 해주셨었다. 어머니도 운전을 직접 하시기 때문에 혼자 나오

서도 되는데 항상 아버지도 함께 나오셨었고, 차를 타고
가는 동안 아버지는 조용히 운전만 하셨던 기억이 있다.

그리고, 예전에 수능을 보고, 대학을 결정할 때 나와
담임 선생님은 서울에 있는 학교를 선택했었는데, 아버
지는 그냥 집 근처의 국립대로 가라고 하셨던 적이 있었
다. 그때 당시에는 더 좋은 대학에 갈 수 있는데 못 가게
하시는 아버지가 이해가 안 갔었고, 섭섭하기도 했었다.
나중에 내가 서울에서 잘 있는지, 자취방은 지낼만한지
어머니는 항상 걱정하시며 안부를 묻는 전화를 자주 하
셨는데, 한번은 이런 적이 있었다.

"저녁은 먹었니?"

"응, 그럼. 학교에서 먹고 왔지."

"방은 따뜻하니?"

"그럼, 보일러도 잘 되고, 따뜻하지."

"(뭐라고요? 그냥 당신이 물어봐요.)"

마지막 말은 수화기를 손으로 막고 말씀하셨는지 굉
장히 작게 들렸었는데, 어머니가 아버지에게 하신 말씀
이었다. 항상 어머니가 전화를 하셔서 매번 똑같은 걸

물어보시고, 똑같은 걱정을 하셨었는데 그게 난 고맙기도 했지만, 어쩔 땐 사실 좀 귀찮게 느껴질 때도 있었던 게 사실이다. 하지만 그런 통화 중 어느 정도는 아버지가 시키셔서 하셨을 수도 있겠다는 걸 그날 알게 된 것이다. 겉으로 표현은 전혀 안 하시고, 항상 나에 대해 전혀 신경조차 쓰시지 않는 걸로만 알았었는데, 사실은 그게 아니었다는 걸 그날 알게 됐었던 것이다. 내가 집 근처가 아닌 타지로 학교를 가는 걸 반대하신 것도 아마 같은 이유에서가 아니었을까 그제야 생각했었다.

아버지가 계신 거실로 갈까, 식탁에 먼저 앉을까 잠깐 고민하고 있을 때쯤 다행히 어머니가 먼저 내 고민을 해결해 주셨다.

"밥 준비 다 됐으니까 와서 앉아. 여보, 당신도 와서 식사해요."

아버지가 신문을 접으시고 눈이 마주치기 전에 난 서둘러 내가 앉던 식탁의 자리로 가서 앉았다. 어머니는 반찬을 하나씩 가져다 놓으셨고, 아버지는 밥이 놓이기 전 자리에 앉으셨다.

"내려오기로 했다면서?"

아버지가 먼저 말을 꺼내셨다.

"네, 일 그만두고, 내려와서 살까 해서요."

어제 난 일찍 자버렸지만, 부모님은 내가 일을 그만두고 내려오겠다는 말을 가지고 한참을 얘기하셨을 게 분명했다. 일을 왜 그만뒀는지, 앞으로 뭘 할 계획인지, 살던 집은 다 정리한 것인지 등등 얼마나 많은 얘기를 하시고, 얼마나 많은 추측을 하셨을까?

어떤 일이 있었는지, 앞으로 어떻게 할 계획인지 자세히 설명을 해드리는 게 맞겠지만, 사실 난 아무 이유도 없이 회사를 그만둔 것이고, 앞으로의 계획은 더더욱 없기 때문에 뭐라고 더 드릴 말씀이 없었다. 물론 나름대로는 이유도 있었고, 큰 용기를 낸 것은 맞지만, 과연 부모님이 잘 다니던 회사를 특별한 이유 없이 갑자기 출근을 하지 않고 회사를 그만두기로 한 것을 이해해 주실까 걱정이 됐다.

"그래, 잘 생각하고 했겠지. 그럼 언제부터 내려오려

고?"

"우선 오늘 다시 올라가서 며칠 정리 좀 하고요, 다음 주쯤에 내려오려구요."

오늘 올라가고, 다음 주에 내려온다고? 구체적인 계획도 없었는데 나도 모르게 그렇게 대답하고 말았다. 사실 정리해야 될 일이 한두 가지가 아니다. 우선 살던 집에서 짐을 정리해서 부산으로 보내야 하고, 집도 내놔야 한다. 무엇보다 회사는 무작정 안 나간다고 정리될 것 같지는 않은데 어떻게 해야 할지 아무 계획도 없는 상태였다. 아버지의 질문에 나도 모르게 대답은 했지만, 과연 할 수 있을까 하는 걱정이 들기 시작했다.

"그래, 결정했으면 빨리 정리하고 내려와야지. 뭐 도와줄 일은 없고?"

"네, 혹시 있으면 말씀드릴게요."

삼십 대 후반인 아들이 환갑이 넘으신 아버지에게 도움받을 일이 얼마나 있겠냐마는 아버지의 짧은 한마디는 너무나도 고맙게 느껴졌다.

한동안 나는 누군가의 도움도 필요 없이 살아왔었

다. 회사에서야 시키는 일만 정해진 시간 내에 하면 됐었고, 내 업무의 대부분은 자료들을 정리해서 성 차장의 보고자료를 대신 만들어 주는 것이었기 때문에 동료들과의 협업이나 도움이 필요한 일이 없었다. 혼자 지내기에는 충분할 만큼의 돈이 매달 통장으로 들어왔고, 물건 사는 것이나 먹는 것에 큰 욕심이 없는 나에게는 필요한 것도 별로 없었고 큰돈을 쓸 일도 없었다. 남들의 도움이 전혀 필요 없는 어떤 기준에서 보면 난 정말 잘살고 있었던 것이다.

그런 나에게, 아무런 도움도 필요 없이 혼자 잘 살고 있는 나에게 아버지가 도와줄 일이 없냐고 물으신 것이다. 대부분 사람들이 뭔가 호의를 베풀 때는 뭔가 목적이 있는 것으로 생각해왔다. 괜히 나에게 관심을 가져주고, 뭔가 친한 척을 하는 직장 동료들은 분명히 나에게 뭔가 부탁할 것이 있는 사람들이었기 때문이다.

나 또한 혹시 누군가에게 부탁할 일이 생겨도 난 나 혼자 해결하는 것에 익숙했다. 분명 내가 뭔가 도움을 받는다면 그것 또한 그 사람에게 빚을 지는 것이라고 생각했다. 하지만 아버지는 아니다. 정말 아무 조건 없이 나에게 필요한 것이 있으면 도와주시려는 것이었다. 또 내가 도움을 받더라도 빚을 졌다고 생각할 필요도 없는 그런 사이인 것이다. 이런 게 가족인데, 난 왜 이런 가족을 지난 몇 년 동안 잊고, 아니 잊으려고 했었을까….

갑자기 지난 몇 년간의 시간이 너무나 후회스럽게 느껴졌다. 그러면서 난 아버지께 뭔가 도움을 받고 싶어졌다. 뭐 필요한 게 없을까? 아버지가 날 도와주실 일이 없을까?

"이따가 아홉 시에 친구들이랑 농구 하기로 했는데 대학교까지만 좀 태워주실래요?"

갑자기 친구들과의 약속이 생각났다. 물론 버스를 타도 금방 가는 거리지만 아버지께 뭔가 부탁을 하고 싶었다.

"그래, 여덟 시 반쯤 나가면 되겠네."

"친구? 누구 만나기로 했는데?"

국을 들고 오시던 어머니가 나에게 물어보셨다. 아버지와는 달리 고등학교 때까지 난 어머니와 참 많은 얘기를 했었다. 매일 늦은 시간에 집에 와서도 식탁에 앉아 우유를 한 잔 마시면서 학교에서 있었던 일, 친구들과 있었던 일 등을 항상 어머니께 얘기를 했었다. 그래서인지 어머니는 내 친구들을 직접 본 일은 별로 없었지만, 이름들은 대부분 기억하셨다.

"민제도 보기로 했고, 동현이, 성진이?"

바로 어제 봤지만, 나조차 이름을 기억하지 못했던 동현이, 성진이었기 때문에 말하면서도 어머니가 아실까 하는 생각에 끝을 올려서 얘기를 했다.

"민제? 그 귀여운 애? 우리 집에도 잘 놀러 오고 했었는데. 아직 학교 앞에 사나? 결혼은 했대?"

워낙 친했던 민제였고, 거의 매일 민제와 있었던 얘기를 어머니께 했었기 때문에 어머니도 잘 기억하고 계셨고, 민제 집이 고등학교 앞에 있던 아파트 단지에 있던 것도 기억하고 계셨다.

"귀엽기는, 그저께 보니까 배 나오고, 머리도 좀 벗어지고, 완전 아저씨 다 됐더구만."

민제 얘기를 하면서 나도 모르게 살짝 웃었고, 무겁

기만 했던 식탁 분위기가 아저씨가 된 민제 얘기로 약간 분위기가 밝아졌다. 항상 학교에서 있었던 일을 신나서 얘기하는 나와, 그 얘기를 재밌게 들어주시며 맞장구쳐 주시던 어머니, 별다른 반응을 보이시지는 않았지만, 항상 같이 앉아계셨던 아버지, 예전 우리 가족의 모습으로 잠깐이나마 돌아간 것 같아 기분이 묘했다.

"여덟 시 반에 나가려면 빨리 먹어야겠네. 어서 먹자."

어머니가 밥을 가져다 놓으시면서 말씀하셨다.

"잘 먹겠습니다."

나도 어제보다는 밝은 목소리로 인사하며 숟가락을 들었다.

식사를 마치고, 난 내 방에서 오늘 입을 옷을 고르기 위해 옷장을 살펴보았다. 내가 어제 입고 온, 정확히 말하면 이틀 전 집에서 입고 나왔던 옷은 농구를 하러 가기에는 어울리지 않았기 때문이다. 서랍을 열어서 몇 번 뒤적이니 예전에 입던 반바지와 티셔츠 몇 벌을 찾을 수 있었다. 나는 예전에 쓰던 백팩에 어제 입고 온 옷을 넣고, 나갈 준비를 마치고 방에서 나왔다.

"아버지는요?"

방에서 나와 현관 앞에 가방을 내려놓으며 거실을 봤지만, 아버지가 안 계시길래 주방에 계신 어머니에게 물어보았다.

"벌써 나가셨지. 차 빼놓는다고."

성격이 급하셔서 예전부터 어디 갈 때면 항상 2~30분 전부터 준비를 끝내놓고 나가 계시던 아버지였는데, 오늘도 역시 미리 나가서 기다리고 계신 모양이다.

"아직도 그러신가 보네?"

항상 급한 성격의 아버지 때문에 어머니와 나는 항상 불만이었지만, 아버지의 여전한 모습이 오늘은 왠지 더 반가운 느낌이었다.

"그럼, 그 성격이 어디 갔겠니?"

어머니도 웃으시며 말씀하셨다. 난 운동화가 없으면 어떻게 하나 살짝 걱정했었는데 다행히도 신발장 안에는 예전에 신던 농구화가 그대로 있었다. 신발 가방 하나와 농구화를 꺼내어 어제 신고 온 구두를 신발 가방에 넣어 백팩에 넣었다.

"오늘 올라가려고?"

어머니가 다시 가방을 메고 있던 나에게 물어보셨다.

"응, 오늘 오후에 올라갔다가 다음 주쯤에 정리하고 내려올게."

"그래, 뭐 필요한 거 있으면 전화하고."

학교 다닐 때는 항상 집을 나설 때 '다녀오겠습니다'라고 인사를 했었다. 그런데 취직을 하고, 내 집을 갖게 되고, 이 집에 명절에나 가끔씩 들르게 됐을 때부터는 '다녀오겠습니다'라는 인사가 너무 어색하게 느껴지기 시작한 때가 있었다. 그래서 어느 때부터인가 그냥 '갈게요'라고 짧게 인사를 하고 문을 닫았던 기억이 있다.

내가 그렇게 퉁명스럽게 인사하고 문을 닫았을 때 현관 앞에 서 계셨던 어머니의 마음은 어떠셨을지 갑자기 미안한 마음이 들었다. 난 농구화를 신고, 문을 열고 나가면서 뒤를 돌아 어머니에게 약간 어색했지만 억지로라도 밝게 웃으면서 인사했다.

"다녀올게요."

아파트를 내려오니 눈에 익은 아버지의 차가 보였다. 내가 대학생 때 저 차를 사셨으니 벌써 십 년은 넘은 게 확실한데 아직도 저렇게 깨끗한 걸 보면 아버지 성격은 예나 지금이나 참 변함이 없으신 것 같다. 난 조수석 문을 열고 차에 탔고, 아버지는 곧바로 출발하셨다. 집에서 대학교까지는 차로 20분이 걸리지 않는 거리였다. 예전부터 아버지와 단둘이 있을 때는 대화가 별로 없었지만, 오늘은 특히 더 어색할 것 같아 차에 타면서부터 걱정되기 시작했다. 한 십 분쯤 됐을 때 아버지가 먼저 말을 거셨다.

"운전은 좀 해?"

"아뇨. 통근버스 타고 다니느라 운전은 면허 따고 안 해봤죠."

"차도 안 샀고?"

"네. 별로 필요가 없어서요."

"그래도 운전은 좀 해놔야지. 나중에 내려오면 이 차로 운전 좀 해봐."

대학교 때 면허를 딴 직후 내가 아는 사람 중에 차가

있는 사람은 아버지밖에 없었다. 도로 주행 시험 이후로는 운전석에 앉아볼 기회가 없었던 나는 집에 내려왔을 때 아버지 차를 타보고 싶었지만, 아버지께 물어볼 용기가 나지 않아 어머니를 시켜 물어본 적이 있었다.

"민형이 면허도 땄는데 주말에 운전 좀 해보게 해봐요."

어머니가 저녁 식사 중 아버지께 슬쩍 말을 꺼내 보았었다.

"나중에 취직하면 다 하게 될 텐데 뭘 벌써 운전을 시킨다고 그래."

아버지의 말씀에 어머니는 날 보며 틀린 것 같다는 뜻의 고개를 살짝 저으셨고, 그게 처음이자 마지막으로 아버지 차를 타려고 시도했던 때였다. 아버지의 생각과는 반대로 난 취직 후에도 운전할 기회나 운전할 필요성이 전혀 없었고, 면허를 딴 지 16년이 넘었는데도 운전을 제대로 못하는 상태였다.

"네, 나중에 좀 가르쳐주세요."

회사 그만두고 아무런 계획이 없었는데 드디어 첫 계획이 생긴 것이다. 아버지께 운전 배우기. 아주 소박하지만, 퇴직 후 내 첫 계획이다.

얼마 지나지 않아 대학교에 도착했고, 아버지는 정문 옆에 차를 대 주셨다. 난 차에서 내려서 문을 닫기 전에 몸을 숙여 아버지께 인사를 했다.

"조심히 가세요."

"그래. 다음 주에 보자."

"네."

난 아버지의 말씀에 짧은 대답과 함께 어색한 웃음을 짓고 말았다. 차 문을 닫고, 아버지 차가 가는 모습을 보면서 아버지의 말이 계속 떠올랐다. 다음 주에 보자. 그 말이 왜 이렇게 따뜻하게 느껴지는 걸까? 아버지의 차가 코너를 지나 안보일 때쯤에야 난 환하게 웃음이 지어졌다.

"네, 다음 주에 꼭 내려올게요."

Day 5;
정리

새벽 여섯 시면 일어나던 내 오랜 습관은 며칠 지나지 않아 새로운 생활에 금방 적응을 한 것 같다. 창밖이 벌써 밝은 것을 보니 말이다. 침대 옆 탁자에 있는 핸드폰을 보니 9:13 이란 숫자가 보였다. 요즘 계속 그랬듯이 오늘도 푹 잤다. 나는 이불 속에서 나오지 않고, 이 기분을 좀 더 즐기기로 했다. 난 침대에 그대로 누워 어제 새로 생긴 내 핸드폰, 정말 스마트폰이란 명칭이 어울리는 내 핸드폰을 만지기 시작했다.

어제 친구들과의 농구가 끝나고 난 약속대로 동현이의 핸드폰 가게로 갔다. 대학교에서 얼마 떨어지지 않은 곳에서 동현이는 핸드폰 대리점을 하고 있었는데 직원이

네 명이나 있는 나름 큰 가게의 사장이었다. 요즘 스마트폰에 대해 잘 몰랐던 나는 동현이가 골라주는 대로 스마트폰을 골랐고, 동현이가 건네준 몇 장의 종이에 열심히 이름을 쓰고, 사인을 했다. 마지막 장에 사인을 하고 있을 때쯤 이전 핸드폰에 있던 주소록을 그대로 옮겨 주겠다던 동현이가 나에게 말을 걸었다.

"야. 우리한테는 연락 한 번 안 하던 놈이 주소록이 이게 뭐냐?"

"왜?"

"주소록에 무슨 300명이 넘게 있냐? 연예인도 아니고."

내 핸드폰에는 택배 회사별 택배 기사의 전화번호, 신용카드 회사의 번호, 회사 팀원들의 핸드폰 번호와 사무실 번호 등 나에게 전화나 문자가 올 만한 모든 번호가 저장되어 있었다.

"이렇게 많은데 내 번호는 없네. 너무하는 거 아니냐?"

동현이가 어이없다는 웃음을 지으며 나에게 말을 했다.

"그거 다 지우고, 몇 개만 저장할 수 있지? 네 것도 새로 입력해 주고."

나는 동현이의 도움으로 지워도 될 연락처를 고르기 시작했고, 한참이 지나서야 전화번호 선별 작업을 마칠 수 있었다.

"20개밖에 안 되네? 너도 참 친구 없구나?"

가족과 몇 명의 친구, 몇 개의 필요한 전화번호를 제외하고 나니 내 핸드폰의 연락처는 20개가 살짝 넘는 아주 단출한 상태가 되어 있었다.

"이제부터 새로 만들어야지. 새 핸드폰에 옮긴 다음에 네 전화번호 먼저 넣어줘. 핸드폰 문제 있으면 계속 전화하게."

"그래, 언제든지 연락만 해라. 다 받아준다."

이전의 내 핸드폰은 가끔 검색이나 지도 검색, 메모 정도로만 써왔는데, 아직 이 새로운 기계의 기능을 절반도 못 써봤겠지만, 이불 속에서 한참을 가지고 놀고 나서야 침대에서 일어나야겠다는 생각을 하게 되었다. 나는 몸을 일으켜 침대에서 일어나려다가 다리가 너무 아파서 침대에 걸터앉았다. 어제 정말 오랜만에 농구를 했더니 온몸이 쑤신 모양이었다.

침대에 앉은 채로 오랜만에 집안을 둘러봤다. 매일 이 침대에서 잠이 들고, 매일 이 침대에서 아침을 맞았는데, 이렇게 여유롭게 이 집을 둘러본 일이 있었나 싶을 정도로 이 집은 그저 내가 회사에서 퇴근하고 들어와서 다음날 출근하기를 기다리는 공간에 지나지 않았나 보다. 이제 이 집에서 지낼 일도 며칠 남지 않았으니 오랜만에 집을 한번 자세히 살펴보기로 마음먹었다.

먼저 이 집에 온 게 언제였는지 기억해보기로 했다. 난 취직을 한 뒤 줄곧 회사 근처의 원룸에서만 지내왔었다. 신입사원 때부터 항상 남보다 일을 많이, 늦게까지 했었고, 그러다 보니 회사에서 걸어서 10분 거리에 있는 원룸에서 벗어날 생각을 하지 못했었다.

왜 그렇게 일을 많이 했을까? 회사가 특별히 바쁜 시기였다거나 내가 다른 사람보다 능력이 부족해서 오랜 시간이 필요했던 것은 아니었다. 난 남들보다 일을 잘하고 싶었고, 열심히 일을 하다 보면 상사들의 칭찬을 받을 수 있었다. 상사들은 칭찬을 하면서 더 많은 일을 시키기 시작했고, 난 또 칭찬을 받기 위해 더욱더 열심히 일을 해야만 했었다. 이런 악순환이 시작되면서 결국 난 아무 생각도 없이 일만 하는 11년 차 회사원이 되어버린 것이다.

그럼 난 언제, 왜 원룸에서 나와 이곳 오피스텔을 사서 들어온 것일까? 아마 5년쯤 전이었던 것으로 기억한다. 매일 늦게까지 일을 하고, 주말에도 자주 출근을 했던 나에게는 점점 사생활이 없어져 가고 있었다. 나의 바쁜 일정 때문에 대학교 친구들과도 점점 멀어지게 되고, 고향 집에도 거의 내려가지 못하게 되었는데, 가끔 일찍 퇴근하는 평일이나, 회사에 출근하지 않는 주말에는 거의 집에서 잠만 잤던 기억이 있다. 그러던 어느 주말 원룸에 갇혀 있는 것이 너무 답답하게 느껴져서 토요일 낮에 밖을 나왔는데 회사 근처에는 상가도 거의 없는 공장지대라 갈 곳도 없었고, 운동을 할 만한 곳도 없었다.

그때 내 나이가 30대 초반이었고, 그런 생활을 계속하면 결혼도 못 할 것 같은 생각이 들어 이사를 하기로 결심을 하고 집을 찾아 나섰었다. 회사에서 너무 멀지 않고, 도심지로 생각되던 안양으로 지역을 정했고, 나름 돈도 어느 정도 있었기 때문에 몇 개 오피스텔을 둘러보고 곧바로 집을 구입해 버렸었다. 이삿짐도 거의 없었던 나는 바로 다음 주 주말에 큰 가방 몇 개를 가지고 이사를 했고, 그 뒤로 이곳에서 계속 살고 있는 것이다.

침대에서 일어나 주방까지 짧은 거리지만 걸어오면서 둘러본 이 집은 5년 전 이사 올 때와 정말 거의 다르지 않은 상태였다. 특별히 운동은 하지 않지만, 특별히 많이 먹지도 않아서인지 10년 전 입던 옷도 그대로 입을 수 있어서 옷도 그다지 많이 늘지 않았고, 침대를 포함한 가구도 모두 내가 들어올 때 있던 것들이다. 고작 하나 산 것이 인터넷으로 마트 주문을 하기 위해 3~4년 전쯤 구입했던 노트북 하나인 것 같다. 거실 탁자에는 노트북과 리모컨이 하나 달랑 있고, 집안 어느 곳을 둘러봐도 장식이나 그 흔한 액자 하나 없는 좋게 말하면 깔끔한, 나쁘게 말하면 사람이 살고 있는 집인지 의심이 가는 그런 썰렁한 집이었다.

이런 집에서 살아온 것에 대해 잠깐 우울한 기분이 들기 시작할 때 문득 이런 생각이 들었다. 이렇게 짐이 없다는 것은 이사를 앞둔 상황에서 얼마나 다행인 것인가. 무작정 부모님 집으로 돌아간다고 말은 해놨지만, 이사나 집 정리에 대해 아무런 계획도 없었는데, 만약 가전제품을 포함해서 내가 산 가구들이 많았다면 이사가 얼마나 복잡해졌겠는가. 많은 짐을 내려보낼 만큼 부모님 집이 큰 편도 아니고, 그렇다고 중고로 팔기에는 시간도 많이 들 텐데, 짐이 이렇게 없으니 얼마나 다행인지 모르겠다.

그럼 이제 슬슬 정리 계획을 세워볼까? 우선 집을 다시 부동산에 내놔야겠지만 오늘은 일요일이니 내일로 미뤄야겠다. 그리고 회사에 가서 퇴사 절차를 진행해야겠지만 이것 또한 내일로 미뤄야겠다. 그럼 남은 건 짐 정리뿐인데 이것 또한 아직 오전인 지금부터 시작하기엔 너무 짐이 적기 때문에 오후로 미뤄야겠다.

그럼 뭘 하지? 갑자기 시간이 남고, 할 일이 없어지니 배가 고프기 시작했다. 냉장고와 주방 정리도 할 겸 늦은 아침을 먹기로 하고, 냉장고 문부터 열었다. 지난주까지만 해도 내 냉장고를 열면서 오늘처럼 웃음이 난 적은 단 한 번도 없었다. 집에서는 거의 밥을 먹지 않으니 난 일주일에 한 번 정도 과일과 음료수 정도만 사놨고, 그리 크지 않은 냉장고지만 항상 이렇게 썰렁한 상태였다. 그런데 최근 며칠 동안 친구들과 외식이며 부모님 집밥까지 너무 잘 먹어서였는지 오늘따라 내 냉장고가 초라해 보여서 나도 모르게 헛웃음이 나온 것이다.

몇 주 전 치킨을 시켜 먹을 때 받았던 콜라는 반 정도만 먹고 남겨놓은 채로 있었고, 지난주 사놓았던 사과와 딸기 몇 개가 남아 있을 뿐이었다. 어차피 냉장고도 다 비워야 하니 난 과일과 남은 콜라를 꺼냈고, 찬장에 남아 있던 과자 한 봉지와 함께 한 끼를 때우기로 결정했다.

몇 시간이 지났을까? 난 과자를 먹으며 TV를 보다가 자세가 불편해서 소파에 누운 채로 TV를 보고 있었는데 어느 순간 또 잠이 든 모양이었다. 최근 며칠 동안 친구들과 만나서 놀고, 부모님과 함께 시간을 보냈던 탓인지 그동안 지겹게도 많이 가졌던 혼자만의 시간이 심심하고, 지루하게 느껴지기 시작한 모양이다.

부모님은 일요일 낮인 지금 뭐 하고 계실까? 예전에는 두 분이 등산도 다니시고 했었는데, 오늘같이 날 좋은 가을날 함께 등산을 가셨을까? 어제 같이 운동했던 친구들은 뭐 하고 있을까? 다들 나처럼 힘들어서 집에서 꼼짝도 못 하고 있을까? 민제 말고는 다들 가정이 있으니 쉬지도 못하고 아이들과 놀아주고 있겠지? 평생 궁금하지도 않던 친구들과 한동안 잊고 지냈던 부모님까지도 생각이 나고 궁금해졌다. 그래. 빨리 정리하고, 빨리 집으로 다시 돌아가야겠다. 내가 있을 곳은 그 지긋지긋한 사무실 컴퓨터 앞이 아니라 가족과 친구들 곁인 것 같다.

난 오피스텔 1층에 있는 분리수거를 하는 곳에 가서 큰 박스 몇 개를 집으로 가져왔다. 시간은 충분하지만 빨리 짐 정리를 시작하기 위해서였다. 우선 나는 붙박이장 문을 열고, 그 앞에 가장 큰 박스 하나를 가져다 놓았다. 원래부터 옷에 대해 큰 신경을 쓰지 않았던 나는 반팔과 긴소매 각각 2~3개 정도의 셔츠와 사계절을 입을 수 있는 면바지 몇 벌, 추울 때 입을 코트나 점퍼 정도만 있으면 충분하다고 생각해왔었다.

그렇게 생각한 게 언제부터였는지는 모르지만, 최근 몇 년간 옷을 산 기억이 없으니 지금 한눈에 들어오는 이 옷들이 내가 몇 년째 입는 옷의 전부인 모양이었다. 난 이 옷들을 차근차근 박스에 담기 시작했다. 난 박스를 들고 올라오면서 그 안에 신문지가 같이 있는 것을 발견하고, 미리 발견하고 버리고 오지 못한 것을 아쉬워했었는데, 오히려 신문지를 깔고 옷을 넣으니 뭔가 조금이나마 옷이 보호되는 느낌이 들었다. 난 겨울옷, 여름옷을 모두 박스에 넣고, 이맘때쯤 입을 수 있는 옷들만 걸려 있는 상태에서 고민을 시작했다. 바로 내일 입을 옷에 대한 고민이었다.

그래도 회사에 가는데 지금처럼 추리닝을 입고 갈 수도 없고, 그렇다고 넥타이까지 맨 정장을 입고 가는 것도 좀 오버인 것 같다. 격식을 차린 듯하면서도 불편하지 않은, 그런 옷을 찾아야겠다고 결심하고, 옷을 고르기 시작했다. 하지만 결정은 그리 오래 걸리지 않았다. 지금 입을 수 있는 재킷은 정장을 제외하면 고작 하나였고, 면바지와 셔츠는 한두 번 입고 아직 빨지 않은 옷 중에서 고르다 보니 금방 정할 수 있었던 것이다. 나는 그 옷 한 세트와 속옷, 양말을 제외하고 모두 박스에 넣었고, 남은 신문지 몇 개와 함께 박스 하나를 닫을 수 있었다.

큰 박스 두 개를 가져왔는데 박스 한 개만에 대부분의 옷을 넣어버렸더니 나머지 박스 하나가 오히려 너무 큰 게 아닌가 걱정이 됐다. 하지만 그 걱정은 침대를 보고 금방 사라지게 되었다. 바로 이불. 내 집에는 이불이 두 채가 있는데 추운 겨울에 덮는 두꺼운 이불과 봄, 여름, 가을에 덮는 약간 얇은 이불. 여기에 4계절 쓰던 베개를 넣고 나면 아마 나머지 박스 한 개도 금방 채워질 것 같았다.

난 집안 한구석에 있던 겨울 이불을 박스에 넣고 남은 옷들과 속옷 등을 넣고 나니 더 이상 넣을 짐이 없어 보였다. 지금 입은 옷과 내일 입을 옷, 오늘 덮고 잘 이불, 베개, 이외에는 모두 쓰레기봉투로 들어갈 것들이었다. 꼭 쓰레기는 아니지만, 집에 가져갈 필요가 없을 것 같은 잡동사니들이었다. 몇 년 동안 살았던 집에서 짐을 정리하는 게 이렇게 빨리 끝날 줄은 몰랐지만 정리할 짐이 많아서 고민하는 것보다는 훨씬 나은 것 같았다.

나는 혹시 모를 짐이 있나 주방과 거실 수납장을 하나씩 열어보기 시작했다. 주방에는 대부분 배달 음식을 시켜 먹을 때 받았던 전단지, 쿠폰, 일회용 숟가락과 나무젓가락들이 있었고, 거실 수납장에는 혹시 몰라서 버리지 않았던 고무밴드, 빵 봉지를 묶는 조그만 끈(정확한 이름도 모르겠다) 정도만 있었는데, 난 그 잡동사니들 중 정말 오랜만에 보는 우리 집 열쇠를 찾을 수 있었다. 몇 년 동안 존재조차 잊고 살다가 며칠 전 집 앞에서 생각이 났던 그 열쇠. 주인인 나에게 잊혀 한동안 서랍 한구석에 처박혀 있었지만 내 기억 속 그대로의 색깔로 날 기다리고 있었던 느낌이었다. 마치 부모님과 우리 집, 그리고 친구들처럼.

갑자기 이런 생각이 들었다. 혹시 내가 가지고 있을 열쇠 때문에 부모님도 10년 넘게 번호키로 바꾸시지 못

하신 건 아닐까? 워낙 꼭 필요한 곳이 아니면 돈을 잘 쓰시지 않던 부모님이시긴 하지만 정말 혹시나 나 때문에 못 바꾸신 거면 다른 집 번호키를 보셨을 때마다, 가끔씩 열쇠를 못 찾으셔서 번호키로 바꿀까 생각이 드셨을 때마다 연락도 없는 아들을 얼마나 생각하셨을까? 이런 생각을 하면 할수록 그동안의 생활이 후회스럽기만 하지만 지금 내가 할 수 있는 건 앞으로라도 또 이 죄송함을 잊지 말아야겠다는 다짐이라도 하는 것밖에 없는 것 같다.

이제 남은 일은 뭐가 있을까? 우선 오늘 저녁에 먹을 것이 필요하고, 짐을 넣어놓은 박스에 붙일 테이프도 필요하고, 남은 짐들을 버릴 종량제 봉투도 큰 것으로 필요하다. 내일 나가기 전까지 필요한 이불과 옷들은 내일 아침 박스에 넣어야 하니 짐을 부치는 것은 내일 아침에 하면 될 것이다. 그리고 집을 내놓는 것은 1층 부동산 아저씨에게 내일 아침에 얘기하면 될 것이다. 그럼 이제 다 끝난 건가? 그럼 저녁 먹을거리와 박스 테이프를 사러 편의점으로 가야겠다.

Day 6;

마지막
출근

모처럼 알람 소리에 잠을 깼다. 오늘은 아침부터 할 일이 많기 때문에 알람을 맞춰놓고 잔 것이다. 오랜만에 일곱 시도 안 된 이른 시간에 일어났지만 그다지 피곤한 느낌은 아니었다. 어렸을 때 소풍 가기 전날에는 잠을 잘 못 잤어도 아침에 벌떡 일어날 수 있었던 것처럼 오늘도 그런 느낌이었다. 오늘 나에게는 초등학생 민형이에게 소풍만큼이나 중요한 일이 있기 때문일 것이다. 바로 십 년의 직장 생활, 가족과 친구를 잊고 살던 생활에 종지부를 찍는 날인 것이다. 난 침대에서 일어나 마지막으로 짐을 정리하기 시작했다. 우선 이불과 침대 시트, 입고 있던 옷을 모두 벗고 아직 닫지 않은 박스에 넣었다. 난 화장실로 들어가 마지막 출근을 할 준비를 하기 시작했다.

샤워를 하고 나니 생각지 못한 짐이 몇 개 더 생겼다. 면도기와 칫솔, 아직 반 이상 남은 치약과 두루마리 휴지 세 개. 모두 버리고 가기에는 아까운 것들이었다. 난 어제 편의점에서 먹을 것을 사 올 때 받았다가 쓰레기통에 버린 비닐봉지를 꺼내 면도기와 칫솔, 치약을 넣고, 안전하게 박스 속 이불 안에 넣었다. 난 오늘 아침을 위해 남겨놓은 사과 하나를 먹으며 또 까먹은 짐은 없나 집안을 살펴보았다. 항상 있던 이불까지 없어지니 더욱더 썰렁해 보이고, 이른 시간 탓인지 음산하게 보이기까지 한 이곳에서 아무 생각 없이 몇 년을 살아왔다는 게 새삼 놀라울 지경이었다.

난 오늘 입기 위해 준비해 놓은 옷들을 챙겨 입고, 노트북과 지갑, 그리고 어제 찾은 우리 집 열쇠를 백팩에 넣고, 이 집을 떠날 준비를 마쳤다. 큰 박스 두 개와 다 채우지 못한 채로 묶은 쓰레기봉투, 백팩 하나를 현관에 가져다 놓고 신발을 신었다. 신발을 신고 보니 정장 구두와 운동화, 슬리퍼가 신발장에 있는 것이 보였다. 생각지 못한 마지막 짐이었던 것이다.

난 신발장에 다음 집주인을 위해 남겨놓았던 쓰레기 봉투를 하나 빼서 신발들을 넣고, 조금 전에 테이프까지 붙였던 박스를 다시 뜯어 그 안에 넣고, 다시 박스에 테이프를 붙였다. 이제 정말 끝인가 보다. 난 이 모든 짐을 한 번에 들고 나갈 수는 없기 때문에 우선 쓰레기봉투를 1층에 가져다 놓고, 다시 올라와 백팩을 메고, 큰 박스 두 개를 들고 집을 나왔다.

난 확인해 둔 편의점 택배로 내 짐 두 박스를 집으로 보내고, 오피스텔 옆 분식집으로 들어갔다. 아직 이른 시간이라 오피스텔 부동산은 열지 않았지만, 부동산 사장님의 사모님이 이 분식집을 운영하시기 때문이었다.

"안녕하세요?"

난 문을 열고 들어가 사모님께 인사를 했다. 가끔 주말에 한 끼를 때우기 위해 김밥을 사러 오긴 했지만, 평일 이른 아침에, 그것도 내가 먼저 인사를 하며 들어온 것은 거의 처음인 것 같았다. 그래서인지 사모님도 약간 당황하신 표정을 지으셨지만 이내 밝게 웃으시며

"네, 안녕하세요. 일찍 오셨네. 뭐 드릴까요?"

"아뇨. 집 때문에요. 집 좀 내놓으려구요."

"아, 그래요? 이사 가시게요?"

"네. 고향으로 내려가려구요. 사장님은 아직 안 나오셨죠?"

"조금 있으면 나올 거예요. 나오면 말씀드릴게요. 그럼 연락처랑 집 비밀번호 좀 적어주실래요? 낮에는 집에 안 계시죠?"

"네, 적어드릴게요."

난 지갑 속에 명함을 카운터에 꺼내 놓고 옆에 볼펜을 집어 들었다. 비밀번호… 버릇처럼 누르긴 했는데 막상 숫자는 기억이 나지 않아서 직접 손으로 누르는 시늉을 해야 했다.

20508016. 아. 내 사번이었다. 5년 전 이사를 올 때 가장 익숙한 숫자를 고른다는 게 사번이었던 모양이다. 그 당시 나에겐 부모님의 생신이나 집 전화번호, 대학교 학번 같은 숫자보다 회사 사번이 더 중요했고, 먼저 떠오른 숫자였다는 사실에 약간 씁쓸한 마음이 들었다.

"여기요. 그럼 말씀 좀 전해주세요."

나는 번호가 적힌 명함을 사모님께 드리고, 가게를 나왔다. 더 일찍 일어나 준비를 했다면 전처럼 통근버스를 탈 수도 있었지만, 퇴사를 하러 가는 날까지 버스를 타고 출근시간 보다 30분이나 먼저 도착하고 싶진 않았기 때문에 전철을 타고 출근 시간에 맞춰서 갈 수 있는 시간을 계산해 알람을 맞춰놨었다. 이제 회사에 가야겠다.

여덟 시 오 분 전, 난 회사 정문에 도착할 수 있었다. 난 한 번도 지각을 해본 적이 없어서 이 시간에 회사에 온 적이 없었는데 많은 사람이 지각을 하지 않기 위해 뛰어 들어가는 모습을 처음으로 볼 수 있었다. 내가 알기로는 몇 분 늦는다고 해서 징계가 있다거나 결근 처리를 한다거나 뭐 이런 인사제도는 없는 것으로 알고 있다. 다른 회사처럼 사원증을 체크하는 기계가 있어서 출퇴근 시간을 관리하는 시스템도 되어 있지 않으니 이 회사에서 지각이란 건 그냥 팀 선배나 동료들의 개인 시계로 체크될 수밖에 없는 것이다.

물론 출근 시간을 지키는 것은 회사 생활의 가장 기

본이고, 동료들에 대한 예의라고 할 수 있겠지만 1~2분 빨리 도착하기 위해 저렇게 뛰어가서 여덟 시 전에 사무실 자리에 앉는다고 해서 곧바로 일을 시작할 수나 있을까? 아마 숨이 차고, 땀이 나서 자리에서 한동안 헥헥거리거나 곧바로 화장실로 가서 세수를 해야 할지도 모른다. 아무튼 이 시간 회사 건물 밖에 있는 사람 중 뛰고 있지 않은 사람은 나와 정문에 서 있는 경비 아저씨 밖에 없어 보였다.

난 퇴사 절차에 대해 꽤 많이 아는 편이다. 다른 인사제도와는 달리 퇴사는 회사를 다니는 동안 딱 한 번밖에 못 하는 일이기 때문에 인사 담당자를 제외하면 그 절차에 대해 자세히 알기는 힘들다. 하지만 나는 내 선배와 후배들이 나가는 것을 제일 가까이서 봤기 때문에 퇴사 절차에 대해서는 잘 알고 있는 편이다. 그 사람들은 퇴사자들에게 꼭 한 명씩 필요하다는 인수인계 대상자로 날 지목했었다.

사실 그 사람들에게 뭘 배웠다거나 담당 업무에 대한 설명을 자세히 들었다거나 한 적은 없다. 퇴사 서류

에 인수인계 내용을 몇 자 적고, 자신의 컴퓨터 하드디
스크에 있는 자료들을 서버에 올려놓고, 그 위치만 알려
주는 게 내가 받은 인수인계의 전부였다. 그들은 나에게
인수인계자로 지정해도 되겠냐고 미리 묻지도 않고, 퇴
사 서류에 내 이름을 써왔고, 나에게 인수인계를 받았다
는 서명을 받으러 와서야 그 사실을 알려주며 미안하다
는 말을 했었다. 처음에는 좀 당황스러웠지만 그런 경험
이 몇 번 반복되고, 한 사람이 나가 봐야 내가 하는 일
에는 큰 변화가 없다는 것을 깨닫고 난 후부터는 별 신
경도 쓰지 않았던 것 같다.

　난 내가 알고 있는 절차에 따라 내가 있던 사무실이
아닌 인사팀 사무실로 곧바로 향했다. 물론 일반적인 절
차는 직속 상사와 퇴사에 관한 면담을 하고, 몇 번의 설
득과 회유를 받은 후에야 인사팀에 절차를 물어보는 것
이지만, 난 그런 무의미한 대화를 할 만한 시간도 없고,
그럴 마음도 없기 때문에 곧바로 인사팀에 서류를 받으
러 간 것이다. 난 우선 인사팀에서 가장 막내 사원 자리
로 갔다.

"안녕하세요."

내가 온 것을 미리 보고, 막내 사원은 나에게 먼저 인사를 했다.

"안녕하세요. 퇴사 때문에 왔는데요, 어떤 분한테 말씀드려야 할까요?"

인사팀 사원은 출근하자마자 이런 소리를 듣게 돼서 당황하는 눈치였지만 곧 나에게 잠시만 기다려 달라는 말을 하고, 인사팀 박승범 차장한테 가서 몇 마디를 주고받았다. 그 과장은 나를 살짝 쳐다보더니 책상에서 서류 몇 장과 수첩을 들고 일어서 나에게 걸어왔다.

"안녕하세요. 잠깐 들어가서 말씀하시죠."

나와 박 차장은 인사팀 회의실로 들어갔고, 깜깜한 회의실에 불을 켠 박 차장은 나와 마주 앉아 얘기를 시작했다.

"이런 일이 있을 때나 한번 뵙네요. 왜 나가시려고 하세요?"

박 차장은 웃는 얼굴로 나에게 질문을 했지만 난 이 사람이 아침부터 이런 얘기를 하게 됐으니 속으로 지금 얼마나 짜증이 날까, 몇 명한테나 이런 얘기를 했을까 하는 생각이 들어 불쌍한 생각이 들어, 나도 딱딱한 표정을 풀고 약간 웃으며 대답을 했다.

"네, 그냥 좀 쉬려고요."

"에이, 이직하시는 분들 다 그렇게 말씀하시더라고요. 어디 경쟁사로 가시는 거 아니에요?"

순간 나도 모르게 한숨이 나오며 짜증이 나기 시작했다. 물론 많은 사람이 경쟁사로 가면서 공부를 하러 간다, 좀 쉬면서 생각해 본다는 등의 거짓말을 많이 한다는 것은 알고 있었지만 저렇게 실실 웃으며 사람을 떠볼 필요가 있을까 하는 생각이 든 것이다. 난 아니라고 대답할까 했지만, 어차피 저 사람은 이미 날 경쟁사로 이직하는 사람으로 판단한 듯하니 대답할 필요가 없을 것 같아 가만히 있기로 했다. 약간의 침묵이 어색했는지 박 차장은 가져온 서류 몇 장을 정리하며 나에게 물었다.

"팀장님이랑 다 얘기는 하신 거죠?"

"지난주에 말씀은 드렸습니다."

박 차장은 내 대답에 약간 놀란 표정을 지으며 날 쳐

다봤다.

"면담 다 하고 오신 게 아니에요? 먼저 하고 오셔야 하는데요."

"팀장님이 결정하고, 거부하고, 그럴 수 있는 건 아닌 걸로 아는데요. 퇴사는."

난 이미 얼굴의 웃음기는 사라진 채로 단호하게 말하기 시작했다. 사실 퇴사는 본인이 결정할 수 있는 일종의 권리다. 팀장이 아니라 사장도 퇴사를 거부할 수는 없는 것임을 난 이미 알고 있었다. 물론 면담을 통해 퇴사 시기를 조율하고, 업무 인수인계를 상의하는 것은 일반적인 과정이지만 그 과정이 없다고 퇴사 자체를 못 하는 것은 아닌 것이다.

"그렇긴 한데요. 인수인계 일정도 정하셔야 하고, 퇴사 시기도 정하셔야 하고요. 팀장님이랑 먼저 상의하시는 게 나을 것 같은데요."

박 차장은 날 주려고 가져온 퇴사 서류를 주지 않고, 팀장과의 면담을 먼저 하고 오라는 말을 반복했다. 이제 나도 슬슬 짜증이 나기 시작했고, 더 이상 이런 지루한 대화를 하고 싶지 않았다.

"퇴사 시기는 제가 정할 테니까 서류 주시고요. 제 휴가가 몇 개 남았는지 확인 좀 해주시죠."

난 박 차장을 똑바로 쳐다보며 더 이상 얘기하기 싫다는 의사가 전해지길 바라며 말했다. 박 차장도 내 생각을 알았는지 알겠다는 표정을 지으며 서류를 나에게 주었다.

"네. 그럼 여기 서류 좀 작성하고 계시고요. 남은 휴가는 제가 확인해보고 올게요."

박 차장은 자리에서 일어나 회의실 밖으로 나갔다. 난 퇴직 서류에 소속과 이름을 시작으로 퇴직 사유, 퇴직 후 계획 등등 수많은 항목에 대해 써 내려가기 시작했다. 과연 누가 이 서류를 읽어보기나 할까 하는 생각이 들었지만, 또다시 박 차장에게 쓸데없는 소리를 듣지 않기 위해 빈 항목 없이 써 내려갔다.

그러다가 난 인수인계 내용 및 담당자 항목에서 잠깐 멈칫했다. 누가 내 일을 대신 해야 할까? 사실 고민할 일도 아니었다. 내가 해온 일의 대부분은 내 일이라고 하기보단 성 차장의 일을 대신 해주는 것이었다. 이제 그 일을 본인이 직접 하면 될 것이다. 따라서 인수인계라는 단어 자체가 적합하지는 않지만, 항목은 채워야 하니 난 담당자에 성기준 차장이라고 썼다.

난 퇴직원과 몇 개의 동의서에 오늘 날짜와 내 이름을 열심히 썼고, 남은 항목은 팀장 및 인사팀장, 그리고 인수인계 대상인 성 차장의 확인 서명, 마지막으로 퇴사 일자였다. 퇴사 일자를 쓰지 않은 것은 나에게는 꽤 많은 휴가가 남아 있다는 것을 알고 있었기 때문에 이 휴가를 다 쓰고 나가는 날짜를 계산해서 쓰기 위해서였다. 마침 박 차장이 회의실로 들어왔다.

"올해 휴가가 총 20개 있었는데요. 지난주에 3개 쓰셨고, 올해 근속 10년 되셔서 휴가 3일이 더 있으시네요. 그래서 20개 남으셨더라고요."

지난주 3개? 내가 출근하지 않은 수목금 3일을 누군가 알아서 휴가 처리를 해줬나 보다. 난 회의실에 있던 달력으로 내일부터 20개의 평일을 계산해봤다. 곧 추석 연휴도 있고, 한글날도 있어서 20개의 휴가를 쓰면 내 퇴사일은 10월 15일이었다. 난 서류에 퇴직일을 썼고, 모든 서류를 모아서 박 차장에게 내밀었다. 박 차장은 서류를 대충 살펴보더니 나에게 다시 돌려주었다.

"서류는 다 준비되셨고요. 인수인계 담당자랑 팀장님 확인만 받아오시면 될 것 같습니다. 오실 때 서류랑 사원증 반납하시면 되고요."

"네. 오전 중에 가져다드리겠습니다."

난 서류를 받아 들고 자리에서 일어나 짧은 묵례를 하고 회의실에서 나왔다. 난 천천히 사무실로 걸어서 약 5분 만에 사무실 유리문 앞에 도착했다. 내 자리는 입구에서 가장 먼 쪽에 있었기 때문에 내 자리에 가려면 사무실 중앙을 가로질러야 했다.

내가 걸어가는 동안 사람들은 나를 놀란 듯이 쳐다봤고, 몇 명이 수군거리는 소리가 내 귀에까지 들릴 정도였다. 내가 출근을 할 때나 퇴근을 할 때, 점심시간 전에 혼자 자리를 피할 때 이 길을 혼자 수없이 가로질러 걸어다녔지만 아무도 나에게 관심을 가진 사람은 없었다. 그렇게 몇 년을 나에게 눈길조차 주지 않던 사람들이 내가 3일의 무단결근(비록 휴가 처리가 됐지만)을 하니 이제야 나에게 관심이 생긴 모양이다.

난 내 자리에 앉아 컴퓨터를 켰다. 난 컴퓨터가 부팅되는 동안 내 서랍과 책상에 있는 짐을 정리하기 시작했다. 서류 몇 종류와 사무용품이 대부분이었고, 내 사비로 구입한 것은 없어 보였다. 필기구를 포함한 사무용품들은 누가 가져다 쓸지도 모르니 책상 위에 가지런히 정리했고, 서류는 모두 없애기 위해 책상 한 곳에 쌓아놓았다. 곧 부팅이 완료됐고, 난 내 컴퓨터에 있는 자료들을 서버에 있는 내 개인 폴더에 업로드하기 시작했다. 옮길 파일이 많아서인지 꽤 시간이 걸릴 것 같았다.

난 그동안 회사 시스템에 접속해서 남은 휴가를 확인해봤다. 박 차장 말대로 잔여 휴가가 20개였다. 난 내일부터 퇴사일로 정한 10월 15일까지 휴가 기간을 설정했고, 내 계산대로 정확히 20개의 휴가가 사용되는 것으로 표시되었다. 난 휴가 결재를 상신하기 전 승인자를 보게 됐는데 승인자가 팀장인 조규덕 부장이 아닌, 성기준 차장으로 되어 있는 것 아닌가. 그 옆에는 "(대리)"라고 쓰여 있었는데 보통 이런 경우는 부장이 출장이나 휴가 때문에 부재중일 경우에 대리 결재를 신청해 놓은 경우였다. 그럼 결국 오늘 받아야 할 사인은 팀장 대리 결재자이자 인수인계 대상자인 성기준 차장 한 명인 것이다. 몇 달에 한 번 정도 얘기를 할까 말까 한 조 부장과 무슨 얘기를 해야 하나 고민이었는데 귀찮은 면담 절차가 하나 줄었다는 사실에 기분이 한결 좋아졌다.

사무실에 들어오면서부터 내 귀를 괴롭혔던 수군거림들은 사실 내 자리에 앉은 이후에도 멈추지 않았는데 내가 자리에 앉은 지 약 십 분이 지난 지금까지 아직 나에게 아무도 말을 걸지 않고 있었다. 이 정도 시간이면 내가 왔다는 걸 팀원 대부분이 알았을 텐데 성 차장이 나에게 아직 오지 않은 것을 보면 또 어디서 사람들과 노닥거리고 있는 것이 분명했다. 그 덕분에 난 누구의 방해도 받지 않고, 컴퓨터 백업을 마칠 수 있었고, 성 차장의 사인을 제외하면 모든 퇴사 준비를 마치게 되었다.

그때 사무실 입구에서부터 빠른 걸음으로 들어오는 사람이 있었는데 바로 성 차장이었다. 내 주위의 누군가가 성 차장에게 내가 왔다는 사실을 전한 모양이었다. 보나 마나 자기 일을 해주던 사람이 지난 며칠간 나타나지 않았으니 화가 많이 나 있을 게 분명했다. 역시나 내 자리로 오자마자 나에게 신경질적으로 말을 걸었다.

"김 과장, 어떻게 된 거야?"

하지만 난 더 이상 그의 짜증을 묵묵히 듣고만 있던 그 김 과장이 아니다.

"말씀드렸잖아요. 회사 그만둔다고."

내 단호한 말대답에 당황을 해서인지, 아니면 내 책상에 있는 퇴직 서류를 본 것인지, 둘 다인지는 몰라도 성 차장은 한동안 아무런 말을 하지 못했다. 난 성 차장과 관계없이 컴퓨터에 정리할 자료가 더 없는지 살펴보았다.

"김 과장, 그러지 말고 잠깐 얘기 좀 하지."

난 더 이상 정리할 자료가 없음을 확인하고 시스템 종료를 눌렀다. 난 컴퓨터가 꺼지는 것을 확인한 후에야 자리에서 일어나 가방을 메고, 퇴직 서류와 없애기 위해 정리해놓은 문서들을 들고 성 차장을 쳐다봤다.

"회의실로 가시죠."

"어, 그래."

난 의자를 책상 깊숙이 넣고, 팀 회의실로 먼저 걸어 갔다. 항상 성 차장이 앞서 걸어가고, 난 그 뒤를 쫓아 걸어가는 경우가 많았는데, 오늘은 내가 먼저 걸어가고 있었다. 뒤돌아 확인은 안 해봤지만, 성 차장은 나를 따라오고 있을 것이다. 묘한 기분을 느끼며 난 회의실에 들어가 불을 켜고, 먼저 자리에 앉아 퇴직 서류를 회의 실 책상에 올려놓았다. 뒤따라 들어온 성 차장은 뭔가 잘못해서 교무실에 끌려온 학생처럼 쭈뼛거리며 자리에 앉았다. 성 차장이 아무 말이 없어서 내가 먼저 말을 꺼 냈다.

"여기 인수인계 담당자 확인란이랑, 팀장님 안 계신것 같던데 대신 결재란에 사인해 주시죠."

난 성 차장이 사인해야 할 서류를 내밀었다. 성 차장 은 잠깐 서류를 보더니 곤란한 표정을 지으며 말을 꺼 냈다.

"그러지 말고, 얘기를 좀 해보자고."

사실 퇴사하기로 결심을 한 사람에게 이런저런 얘기를 한다는 것은 참 의미 없는 일이다. 난 이미 결심을 했고, 성 차장의 사인이 없어도 10월 15일 자로 퇴사를 할 수 있다는 것도 알고 있고, 또 모든 준비도 마친 상태다. 그런데 도대체 성 차장이 나에게 무슨 이야기를 할지 잠깐 궁금해졌다. 대화가 아니라 그냥 저 사람이 뭘 말하고 싶은 건가 한번 들어보고 싶은 것이었다. 난 의자가 살짝 젖혀질 정도로 등을 기대고 성 차장에게 말했다.

"무슨 얘기를 하고 싶으신 건데요?"

내 당당함에 성 차장은 또다시 당황한 표정을 지었다.

"아니, 왜 나가려고 하는지 얘기는 해줘야지."

"쉬고 싶어서요."

내 짧은 대답에 또다시 대화가 끊겼다. 사실 성 차장은 내가 회사에 오면 화를 내려고 작정을 하고 날 기다렸을 것이다. 그런데 오히려 내가 당당하게 나오니 준비해놓은 화를 내지도 못하고, 특별히 할 말도 없으니 저러고 있는 것이다.

"김 과장이 힘들어서 그런가 본데, 휴가를 좀 쓰고 그러면 되지 않을까?"

성 차장은 그 뒤로 혼자 거의 20분을 떠들었다. 난 중간중간 네, 아니오 정도의 답변만 해줬고, 성 차장은 여러 가지 방법으로 날 설득하려고 노력했다. 처음에는 나를 걱정하는 척하며 회유를 했지만, 내가 별 반응을 보이지 않자 경쟁사로 이직하면 소송을 걸 수도 있다는 협박을 하며 방식을 바꾸기 시작했다.

이 또한 내가 반응을 보이지 않자 연말까지만 있어 보면 안 되겠냐며 퇴사 연기를 부탁하기까지 했다. 20분쯤 지나자 성 차장도 더 이상 할 말이 없는 듯 보였고, 지쳐 보이기까지 했다. 이제 성 차장을 그만 힘들게 해야겠다는 생각이 들었다.

"이제 그만하시죠."

성 차장도 이제는 포기한 건지 한숨을 쉬며 내가 준 서류를 살펴보기 시작했다. 난 가방에서 펜을 하나 꺼내 성 차장에게 주었고, 성 차장은 잠깐 고민을 하더니 이내 사인을 하기 시작했다. 인수인계 담당자 확인란에 사인과 오늘 날짜를 썼고, 곧이어 팀장 확인란에 사인을 하고, 그 위에 대리 결재라는 표시를 했다. 더 이상 사인 할 곳이 없는 것을 확인한 성 차장은 서류들을 정리하여 나에게 건네줬다. 난 서류를 받아 들고, 곧바로 자리에서 일어났다.

"그럼 이만 가보겠습니다."

난 힘없이 앉아 있는 성 차장이 약간 불쌍해 보였지만 더 이상 이 회사에서 시간을 지체하고 싶지 않아 회의실을 나왔고, 다시 인사팀으로 향했다. 나는 곧 인사팀 박 차장 자리에 도착했고, 퇴직 서류들과 사원증을 건네주었다.

"이제 다 된 거죠?"

박 차장은 서류를 간단히 검토해보며 사인이 다 되어 있는지 확인했다.

"네. 다 되셨네요."

난 박 차장에게 또다시 짧은 묵례를 하고 뒤돌아 걸어 나왔다. 난 곧바로 회사 건물을 나왔고, 내가 회사 정문을 통과할 때가 내 시계로 정확히 10시 반이었다. 난 정문을 통과하고 나서 뒤를 돌아 내가 십 년 넘게 다닌 회사를 돌아봤다. 10년… 참 긴 시간인데 그동안 내가 뭘 했는지 잘 기억도 나지 않는다. 그래도 한 곳에서 정말 열심히 일했는데 이렇게 누구의 배웅도 없이 혼자 쓸쓸히 떠나야 한다니 말 그대로 시원섭섭한 마음이 들었다.

물론 나처럼 이렇게 갑자기 퇴사를 통보하고 떠나는 것은 일반적이지도 않고, 같이 일했던 사람들에 대한 예의가 아닐지도 모른다. 또 내가 떠난 뒤에 한동안 사람들은 나에 대해 욕을 할지도 모른다. 하지만 나에 대한 평가는 내가 떠날 때의 행동이 아니라 내가 일해 온 십년이란 기간에 대한 평가여야 하지 않을까? 난 누구보다 열심히 일했고, 최선을 다했다고 자신한다. 물론 최고는 아니었을 수 있지만 떠난 뒤에 욕을 먹을 정도는 더욱더 아니었다.

뭐 어차피 이제 안 볼 사람들이니 날 욕을 하든, 비난을 하든 내가 더 이상 신경 쓸 필요는 없는 일이다. 사실 난 이런 일 말고도 신경 쓸 일이 한가득이다. 이제 난 백수고, 당장 내일부터 할 일이 아무것도 없기 때문이다.

그래. 이제 지나간 일에 대한 후회는 그만하고, 내 앞
날이나 걱정하자. 난 마지막으로 회사를 한번 둘러보고
뒤를 돌았다. 십 년 동안 가장 많은 시간을 보냈던 이
회사를 등지고, 난 다시 집으로 향했다.

Day 7;

끝과
시작

"민형아."

어머니께서 깨우는 소리에 잠이 깼다.

"네?"

"아버지가 운동하러 가자고 하시네?"

"네, 금방 나갈게요."

내 대답에 어머니는 나가셨고, 난 잠이 덜 깬 채로 무슨 상황인지 파악하기 위해 잠시 동안 멍한 상태로 누워있었다. 아버지는 내가 어렸을 때부터 이른 아침, 아니 새벽이라는 말이 더 어울릴 만한 시간에 항상 운동을 나가셨다. 수영이나 등산 이런 것이 아니라 동네 근처에 있는 조그만 하천을 따라 약 30~40분 정도를 뛰다 오시는 거였다. 고등학교 때는 수험생이란 핑계로 빠질 수 있었지만, 대학에 입학하고 나서도 방학 때 집에 있을 때는 항상 나도 끌려 나갔었다.

취직하고 나서는 집에 가끔 들렀기 때문에 자연스럽게 아침 운동을 빠지게 되었고, 집에 오지 않은 것도 몇 년이 지났으니 아버지가 아침 운동을 하시는 것 자체를 까먹었던 것 같다. 이제는 집에 잠깐 들른 것이 아니라 아예 들어온 것이니 오늘부터는 나를 운동에 데려가려고 하신 모양이다.

내 기억이 맞다면 아버지는 여섯 시쯤 집을 나서셨으니 아마 지금은 여섯 시도 안된 시간일 것이고, 나도 빨리 준비를 해야 아버지가 여섯 시에 집 앞에서 기다리시는 일이 없을 거라는 생각이 들어 나는 곧바로 침대에서 일어났다. 방안의 시계를 보니 5시 53분. 나도 빨리 준비를 시작해야겠다. 말이 준비지 씻고 나갈 만한 시간도 없고, 어차피 이 시간에 밖에 사람도 거의 없을 테니 간단하게 운동복과 모자만 쓰고 나가기로 했다. 눈이 따가운 탓에 잘 떠지지도 않았지만 난 3분 만에 나갈 준비를 마칠 수 있었다.

"아버지는 나가셨어요?"

방에서 나서며 주방에 계신 어머니에게 물었다.

"응, 좀 전에 나가셨어. 따뜻하게 입고 나가지?"

"운동할 건데 뭐. 괜찮아요. 갔다 올게요."

난 서둘러 운동화를 신고, 집을 나섰다. 아파트 1층에 내려왔을 때 밖에 계신 아버지가 눈에 들어왔다. 아파트 현관 앞에서 신발 끈을 묶고 계신 아버지를 보며 뭔지 모를 반가움이 들었지만 '아빠'하고 부르며 달려갈 어린 나이도 아니고, 그렇게 싹싹한 아들도 아니기 때문에 그냥 약간 빠른 걸음으로 아버지가 계신 곳으로 갔다.

"으… 추워…"

등을 돌리고 계신 아버지에게 인기척을 하려던 것은 아니지만 건물 밖으로 나오니 새벽 쌀쌀한 바람에 나도 모르게 소리가 나왔던 것이다. 아버지는 내 소리를 들으시고, 슬쩍 나를 돌아보시더니 '나왔냐'라는 표정만 살짝 지으시고, 앞으로 천천히 걸어가셨다.

"가자."

아버지는 짧게 말씀하시고, 천천히 뛰기 시작하셨다. 추워서 다시 이불 속으로 들어가고 싶은 생각밖에 없었지만 어쩔 수 없이 나도 아버지를 따라 뛰기 시작했다.

차가운 새벽 공기가 내 옷 곳곳에 스며들어 온몸이 부르르 떨리고, 안에 반팔 티셔츠를 입어서인지 특히 팔이 너무 추웠다. 하지만 남들이 자고 있을 이 새벽에 운동을 하고 있다는 뿌듯함과 약간의 상쾌함이 느껴져 기분 좋게 아버지를 따라갈 수 있었다.

몇 분이나 뛰었을까? 난 아버지보다 약간 뒤에서 아버지 속도에 맞춰 계속 뛰고 있었다. 핸드폰을 가져오지 않아 지금이 정확히 몇 시인지는 모르지만 내 기억이 맞다면 아버지는 40분 정도 운동을 하시고, 집에 돌아오셨었다. 그렇다면 40분 운동 중에 20분이 지나면 방향을 바꿔 집으로 돌아가셔야 할 텐데 아직도 한 방향으로 뛰시는 것을 보면 아직 20분도 안 된 모양이다.

솔직히 내가 그동안 운동을 거의 안 한 것은 맞지만 예순이 넘으신 아버지에게 뒤처질 거라고는 상상조차 하지 않았었다. 만약 내가 아버지와 좀 더 친했거나 아니면 내가 어리광을 부릴 수 있는 어린아이였다면 당장 아버지께 힘들다고, 쉬었다 가자고 칭얼거렸을 텐데 난 그럴 수 있는 처지도 아니었다. 숨이 끝까지 차올라왔고, 지난 주말에 했던 농구 때문에 아직도 다리 근육이 쑤시고, 그보다 더 힘든 것은 아직도 이 운동이 반도 지나지 않았다는 사실이었다.

"저기서 조금 쉴까?"

아버지가 20~30미터 앞에 보이는 벤치를 가리키시며 말씀하셨다.

"네."

나는 헐떡거리는 숨을 고르며 겨우 짧은 대답을 할 수 있었다. 곧 아버지는 속도를 줄이시며 벤치 앞에 멈춰 서셨고, 뒤따라가던 나는 벤치에 털썩 주저앉았다. 최대한 힘이 안 드는 척, 숨이 덜 찬 척을 하기 위해 숨을 크게 들이마시고, 조용히 내뱉기를 반복했다. 나는 나름대로 애를 썼지만, 아버지는 아마 적어도 10분 전부터는 내 거친 숨소리를 듣고 계셨을 것이다. 진작 좀 쉬었다 가시지 하는 생각도 들었지만, 지금이라도 멈춰주신 게 얼마나 다행인지 모른다.

그렇게 빨리 뛰지는 않았고, 20분 정도면 그리 긴 거리를 뛴 것도 아니지만 그동안 얼마나 내가 운동을 안 했는지를 토요일 농구 모임에 이어 또 한 번 느끼게 되었다. 사실 난 너무 힘이 들어서 벤치에 앉자마자 몸을 숙이고 팔꿈치를 허벅지에 대어 상체를 지탱하고 있었다. 아까부터 최대한 숨소리를 죽여서 내가 힘들어하는 걸 들키지 않으려고 했지만 내 자세나 이미 땀범벅이 된 내 얼굴은 아버지가 내 상태를 아시기엔 충분했을 것이다.

잠깐 숨을 고르자 아까부터 서 계신 아버지가 생각이 났다. 난 곧 몸을 들어 아버지를 올려다보았는데 정말 오랜만에, 내가 기억하기로는 거의 십몇 년 만에 아버지가 환하게 웃는 얼굴을 볼 수 있었다.

"아직도 나한테는 안 되겠지?"

그동안 아버지와 운동을 하면서 내기를 했던 기억은 전혀 없다. 그냥 어렸을 때 아버지와 같이 뛸 때도 항상 비슷한 속도로 같이 뛰었었고, 내가 아버지 속도를 맞추기 위해 일부러 천천히 뛰었다거나 억지로 힘들게 뛰었다거나 한 적은 없었던 것 같다. 하지만 오늘은 꼭 승부를 낸다고 한다면 내가 진 게 분명했다. 아버지는 거의 땀 한 방울 흘리지 않으시고 아직 서 계신 반면 난 아무리 땀을 닦아내도 아직도 계속 땀이 쏟아지고 있으니 말이다.

물론 아버지가 예순이 넘으신 나이에 아직 30대인 아들을 달리기에서 이겼다고 저렇게 좋아하시는 것은 아닐 것이다. 비가 오더라도 우비를 입고 간단하게라도 매일 운동을 하시는 아버지 성격에 거의 십 년을 아버지 혼자 뛰셨을 이 아침, 이 길을 하나밖에 없는 아들과 정말 오랜만에 운동을 한 게 기분 좋으셨던 게 아닐까? 집에서도 잘 웃으시지 않는 아버지가 저렇게 좋아하시는데 하나밖에 없는 자식으로서 그동안 뭐가 그렇게 바쁘고, 뭐가 그렇게 힘들다고 이 아침 30~40분을 함께해드리지 못했을까?

"주말에 농구 해서 그래요."

웃음은 전염된다는 말이 있던데 나도 아버지의 웃음에 같이 웃으며 아버지께 받아쳤다.

"그래? 며칠 더 뛰어보면 알겠지. 그럼 집에 갈까?"

아버지와 오랜만에 웃으면서 대화를 해서 기분이 좋

아진 것은 맞지만 아직 몸은 그렇지 못했다. 아마 지금 이 상태로 일어나서 뛰다가는 다리가 풀려서 휘청거릴 수도 있을 것 같고, 그렇다면 아버지에게 또 놀림거리를 하나 더 드리는 일이 될 것 같았다.

"힘들어서 그런 건 아닌데 1분만 더 앉아 있다가 갈까요?"

"그럼 시간 좀 있으니까 천천히 걸어가자. 늦게 가면 너네 엄마가 뭐라고 해."

난 최대한 다리가 후들거리지 않게 신경 쓰며 일어나 아버지와 함께 집으로 향했다.

얼마 후 아버지와 난 집에 도착했고 나 때문에 평소보다 늦어서인지 아버지는 서둘러 씻으셨고, 나 또한 간단히 물만 끼얹는 수준으로 샤워를 마치고 식탁에 앉았다.

"많이 힘들었나 보네?"

샤워를 한 후에도 아직 내 얼굴은 빨갛게 상기된 상태 그대로였는데, 어머니가 그런 내 얼굴을 보시며 물으셨다.

"조금 뛰니까 힘들어서 쓰러지려고 하더라고."

내가 대답하기도 전에 아버지가 기다렸다는 듯이 말을 가로채셨다.

"에이, 그 정도는 아니었고요, 그냥 오랜만에 운동을 하니까 그런 거예요."

난 살짝 고개를 가로저으며 인정하지 않았다.

"그래요, 매일같이 운동하는 당신이랑 비교하면 안 되죠. 그리고, 얘도 이제 나이가 마흔이 다 돼가는데."

아직 서른여덟이다, 아직은 30대다라고 말하고 싶었지만, 이미 예순을 넘기신 아버지에게 또 공격당할게 분명하니 참기로 했다.

"난 60도 넘었는데?"

역시나였다. 그 이후로도 아버지는 식사 시간 내내 날 놀리시는 데 집중하셨고, 난 이렇다 할 반격 한 번 못하고 계속 그 놀림을 당하고 있어야 했다. 내기를 했거나 어떤 승부를 벌인 것은 아니지만, 아버지께 지고 들어온 것은 분명한 사실이었고 아버지의 놀림 아닌 놀림이 전혀 기분 나쁘게 들리지 않았기 때문이었다.

이렇게 오랫동안 아버지와 대화를 해본 적이 언제였는지 기억이 나지 않을 정도로 오랜만이었고, 우리의 말다툼을 보고 계시던 어머니의 흐뭇해하시는 얼굴까지…. 정말 오랜만에 느껴보는 행복한 식사 시간이었다.

식사 후 아버지는 출근 준비를 하셨고, 어머니도 식사를 정리하고 나갈 준비를 하셨다. 같이 준비를 하시는 걸 보니 어머니는 요즘도 수영을 다니시는 것 같다. 난 마땅히 할 일이 없어서 거실에서 TV를 보고 있었다.

"오늘은 집에 있으려고?"

출근 준비를 마치시고, 현관으로 가시던 아버지가 나에게 물어보셨다.

"네, 그냥 집에서 좀 쉬려고요."

"그래, 힘들어서 못 나가겠지."

아…. 아버지는 아직 끝나지 않으셨던 거였다. 내가 체력을 길러서 아버지를 따라잡을 때까지 한 달이 될지, 반년이 될지 모르지만, 그때까지 저러실 모양이다. 이제 놀면서 뭘 해야 하나 막막한 마음이 있긴 했는데 운동이 가장 시급한 일인 것 같았다.

"엄마도 점심 먹고 들어올 거니까 국이랑 반찬 꺼내서 점심 잘 먹고."

방에서 뒤따라 나오시던 어머니도 신발을 신으시며 말씀하셨다.

"내가 잘 챙겨 먹고 있을게요. 혼자 몇 년을 살았는데. 다녀오세요."

부모님은 내 인사를 받으시고, 두 분 다 환하게 웃으시며 집을 나서셨다.

이제 또 혼자가 됐다. 혼자 있는 것에 꽤 익숙해진 나지만 시끌시끌했던 집이 갑자기 조용해지며 찾아온 고요함은 약간 어색함이 느껴질 정도였다. 물론 혼자 살던 때의 그 외로운 느낌은 아니었다. 이제 난 가족과 함께 살고 있고, 전화 한 통이면 금방 만날 수 있는 친구도 있다. 그리고 얼마 후에는 10년을 일한 보상으로 퇴직금도 지급될 예정이고, 오피스텔이 팔리면 그 돈도 내 통장으로 들어올 것이다. 내가 살 집, 가족, 친구, 거기에 충분한 돈까지 정말 한동안 걱정 없이 살 수 있는 조건은 다 갖추게 된 것이다.

이제 나한테 필요한 것은 뭘까? 우선 난 내 방 책상에 앉아 고민을 시작해 보기로 했다. 내 방은 우리 집에서 베란다 창문을 제외하고 가장 큰 창이 있는 방이다. 물론 북쪽을 향하고 있어서 햇빛이 들어오지는 않지만, 우리 아파트 단지의 가장 북쪽에 있는 동이라 시야는 막힘없이 가장 좋은 곳이다. 난 뻥 뚫린 창밖을 바라보며 나에게 필요한 것에 대해 생각해봤다. 나에게 필요한 것은 크게 두 가지였다.

우선 당분간 내가 할 일과 새로운 직업을 찾는 일이다. 퇴사를 한 지 고작 하루, 정확히 따지면 아직 퇴사 처리도 되지 않았으니 재직 중인 상태인데 벌써부터 새 직업 및 직장에 대해서 고민하고 싶지는 않으니 이 생각은 한참 뒤로 미루는 것이 맞을 것 같다. 그럼 이제 내가 할 일은 내가 당분간 이 많은 시간 동안 할 일을 찾는 것이다.

내가 좋아하는 일이 뭐였지? 어렸을 때는 친구들과 놀고, 얘기하고, 내가 쓴 글을 보여주고, 이런 것을 좋아했던 모양이었다. 다들 직장도 있고, 일이 있는 친구들을 매일 불러내서 놀 수는 없는 일이니, 친구들과 시간을 보내는 일은 주말 정도로만 배정을 해야 할 것 같다. 그럼 아주 오래전이라 기억도 나지 않지만, 예전처럼 다시 글을 써볼까? 시간이 많이 지나긴 했지만 내가 좋아했고, 선생님이 기억할 정도로 잘했던 일이라면 지금 다시 한번 시도는 해봐도 좋을 것 같았다.

난 어제 메고 왔던 가방에서 노트북을 꺼내어 책상에 올려놨다. 인터넷을 연결할 필요가 있을지는 모르겠지만 인터넷 선을 연결하고 전원을 켰다. 컴퓨터가 부팅되는 동안 노트북의 전원도 연결했고, 부팅이 끝났을 때는 작가로서의 준비를 모두 마칠 수 있었다. 탁 트인 시야, 편안한 책상과 의자, 전원까지 연결된 노트북. 이제 글을 써볼까?

그런데 시작부터 큰 문제가 있었다. 회사 컴퓨터에는 당연히 있던 워드프로세서가 이 노트북에는 없는 것이다. 하긴 내가 집에서 문서를 작성할 일이 있었을 리가 없으니 설치를 할 생각도 못한 게 당연한 일이었다. 오피스 소프트웨어를 구입할까 했지만, 워드 하나 때문에 패키지를 구입하는 것도 낭비일 것 같고, 그렇다고 불법 소프트웨어를 찾자니 요즘은 어떻게 구하는지 방법도 모르고, 무엇보다도 첫 글부터 불법으로 시작하고 싶지는 않았다. 그럼 남은 방법은 하나였다.

메모장. 글씨체 고를 필요도 없고, 저장 및 불러오기도 아주 빠르고, 이 정도면 꽤 괜찮은 프로그램이다. 난 메모장에 커서를 가져다 놓고 키보드로 손을 가져가 글 쓸 준비를 마쳤다. 이제 뭘 쓰지? 소설을 쓰려면 주제나 소재가 있어야 하는데 마땅히 떠오르는 게 없다. 그럼 수필? 최근 일주일을 제외하면 그 이전 10년은 직장에서 보낸 기억 말고는 생각나는 에피소드도 없었다.

하긴 전문 작가도 아니고 자리에 앉자마자 술술 글이 나올 리는 없으니 오히려 이게 당연한 일일지도 모른다. 그런데 내 눈에 띄는 글씨가 있었다. 바로 메모장에 위에 있는 "제목 없음". 당연히 처음 열었고, 저장을 안 했으니 "제목 없음"으로 떠 있는 게 맞고, 아직 무엇에 대해 쓸지도 정하지 못했으니 제목은 아직 없는 게 의미상으로도 맞다.

보통 글을 보면 제목, 글쓴이, 본문 순서로 쓰여 있는데 제목은 그렇다고 쳐도 글쓴이, 즉, 작가는 지금 쓸 수 있지 않을까? 내가 10년 동안 회사에서 보고자료와 발표자료, 회계장부 등등 그 수많은 문서를 만들면서 내 이름을 적은 적이 있었던가?

보통 팀 이름이 들어가거나 내 윗사람인 팀장이나 성 차장의 이름이 내 이름 대신 들어가는 경우가 대부분이었지, 내 이름이 문서에 작성자로서 들어가는 경우는 없었다. 10년 동안 일한 회사에 내 이름으로 된 문서 하나 못 남기고 온 게 아쉽긴 하지만 이젠 당당히 내 이름을 적을 수 있게 된 것이다. 아직 무슨 글을 쓸지, 앞으로 어떻게 살아갈지 아무것도 정한 게 없지만, 난 빈 메모장에 내 이름을 치기 시작했다.

'김민형'.

자, 이제 시작이다.

정확히 몇 년 전인지는 기억나지 않지만, 회사에서
회의에 참석하고 있을 때였습니다. 제가 주도적인 역할
을 하는 회의는 아니었기 때문에, 저는 그냥 앉아만 있
어도 되는 그런 회의였습니다. 여러 사람이 각자 자기
의견만 얘기하느라 회의실이 꽤 시끄러웠었는데요. 갑
자기 주변이 조용해지는 느낌을 받으면서 이런 생각이
들었습니다.

내가 이 회사에 왜 들어왔지? 내가 왜 자동차 만드는 일을 하고 있지? 내가 왜 소프트웨어 개발을 하고 있지? 내가 왜 전자공학을 전공했지? 계속 거슬러 올라가며 질문을 하다 보니 결국 마지막엔 이런 질문까지 하게 되었습니다.

'내가 여기서 지금 뭐 하는 거지?'

이내 '아. 나 돈 벌어야지.' 하는 생각이 들며 제 잡생각은 마무리되었습니다만 그날이 이 글을 시작한 때였습니다.

저뿐만이 아니라, 직장인 대부분이 한 집안의 가장으로서 가족의 생계를 책임져야 하는 책임감으로 인해 예전 희망이나 꿈은 잊은 채 (또는 모른 척하면서) 열심히 회사에 다니고 계실 겁니다. 물론 현실에 만족하지 못하고 꿈만을 좇는 일이 얼마나 위험한 일인지도 다 아실 겁니다.

하지만 한 번쯤은 나는 어떤 사람이었을까? 무엇을 하고 싶었을까? 되돌아보는 것, 그쯤은 괜찮지 않을까요?

오랫동안 직장생활을 하고 계시는 분들 다들 존경한다고 말씀드리고 싶고, 모든 직장인 다 같이 힘내셨으면 좋겠습니다. 감사합니다.

2022년 2월

서인부